D1672245

# Werner ILLING

## Die Gesänge des alten Indianers

HIRNKOST

## Werner Illing (1895 – 1979)

Werner Illing, geboren in Chemnitz, war Schriftsteller, Drehbuchautor und Filmregisseur. Er studierte Germanistik in Leipzig und Graz. Bereits in dieser Zeit verfasste er Gedichte, Geschichten, Erzählungen und Dramen.

1922 brach er sein Studium ab und übernahm die elterliche Marmor- und Baumittelhandlung in Chemnitz. 1925 gab er den Geschäftsführerposten in der Firma auf und wurde freier Mitarbeiter der *Vossischen Zeitung*, ab 1927 der *Mitteldeutschen Rundfunk AG*. Er übersetzte für den Ullstein Verlag sechs Romane von Ellery Queen. In dieser Zeit verfasste er auch den Roman *Utopolis*, der als »proletarische Utopie« viel Beachtung fand.

Nach dem Zweiten Weltkrieg war er hauptsächlich für den *Süddeutschen Rundfunk* tätig und schrieb auch Bühnenstücke (*Die große Flut*, 1947) und Drehbücher. Seine Kurzgeschichte *Der Herr vom andern Stern* wurde mit Heinz Rühmann in der Hauptrolle verfilmt.

Werner Illing war Mitglied des deutschen PEN-Clubs, Präsident der Bundesvereinigung der deutschen Schriftstellerverbände sowie Vorsitzender des Süddeutschen Schriftstellerverbandes. 1979 starb er im Alter von 84 Jahren in Esslingen am Neckar, wo er seit 1958 lebte.

Zuletzt von ihm bei Hirnkost erschienen: *Utopolis*.

# Werner ILLING

## Die Gesänge des alten Indianers

**Originalausgabe**

© 2025, Hirnkost KG, Lahnstraße 25, 12055 Berlin
prverlag@hirnkost.de
*http://www.hirnkost.de/*

Alle Rechte vorbehalten
1. Auflage März 2025

Die Erstausgabe von die gesänge des alten indianers erschien posthum im Pendo Verlag, Zürich, hrsg. von Joachim Ruf.

**Vertrieb für den Buchhandel:**
Runge Verlagsauslieferung; *msr@rungeva.de*

**Privatkund:innen und Mailorder:**
*https://shop.hirnkost.de/*

**Unsere Bücher kann man auch abonnieren!**


**Herausgeber:** Joachim Ruf

**Lektorat:** Klaus Farin

**Korrektorat:** Christian W. Winkelmann

**Layout:** benSwerk


**ISBN:**

PRINT: 978-3-98857-075-8
PDF: 978-3-98857-077-2
EPUB: 978-3-98857-076-5


Hirnkost versteht sich als engagierter Verlag für engagierte Literatur.
Mehr Infos: *https://www.hirnkost.de/der-engagierte-verlag/*

# INHALTSVERZEICHNIS

# VORWORT

VON JOACHIM RUF

**W**erner Illing hat sich immer wieder mit den Sitten und Gebräuchen der Ureinwohner Amerikas und Afrikas beschäftigt. Davon zeugen zwei seiner Romane: *Don Perico* (1933), in welchem er die Beständigkeit der »Indianerseele« hervorhebt, und *Tanz zwischen Dämmerung und Nacht* (1974), in welchem er den Leser in den exotischen Zauber eines Stammes Afrikas entführt, ihn in den Bann geheimnisvoller Menschen und ihrer Riten zieht und schließlich an sich selbst eine Verwandlung erfährt, die der Realität der europäischen Heimat entrückt und so Glück und Gefahren erleben lässt, die sein Dasein auf überraschende Weise erweitern und bereichern.

In allen seinen Werken suchte Werner Illing die Auseinandersetzung mit seiner Zeit und den Menschen nicht in getreuer Nachschrift des wirklich Gesehenen, Gehörten und Erlebten, sondern er entwickelte aus seiner inneren Schau eine eigene Sprache, eigene Gestalten und Situationen, in denen die Wirklichkeit unserer Zeit gesteigert und verdichtet erscheint. Dabei verfällt er nie der Negation und erst recht nicht dem Nihilismus; er appelliert mit Spott und Ernst, mit Lachen und Weinen an das wahrhaft Menschliche und dessen Recht.

Alle seine Werke formen die Daseinsnot unserer Tage zum befreienden Kunstwerk und machen Werte lebendig, die jene Daseinsnot überwinden können. Darin mag die wesentliche Bedeutung im Schaffen von Werner Illing liegen.

Bei einer unserer letzten Begegnungen erzählte mir der Autor, der von 1958 bis zu seinem Tod 1979 in Esslingen-Wiflingshausen, nahe bei Stuttgart, lebte, von seiner Arbeit an einem Prosawerk, dem er den langen und ungewöhnlichen Titel »Die Gesänge des alten Indianers bei Sonnenaufgang auf der Prärie« gab. Er hatte sich eingehend mit den Sitten gewisser Indianerstämme beschäftigt, bei denen es üblich war, dass der alte Indianerhäuptling, der das Ende seiner Tage nahen fühlte, bei Sonnenaufgang allein auf die Prärie hinauszog, um das Lied seines Lebens zu singen.

Illing empfand wie jener alte Indianerhäuptling, und so machte er sich, mit 81 Jahren selbst das Ende seiner Tage nahe fühlend, daran, seine eigenen Gesänge aufzuzeichnen: In ihnen kommt das Bild seines Wesens, seiner humanen Gesinnung, aber auch seiner Skepsis zum Ausdruck und sein Alleinsein in einer Welt, deren Lauf ihm immer fremder geworden ist, die er zugleich liebte und zu verstehen versuchte. In seinen »Gesängen des alten Indianers« wurde Illing gleichsam der alte Indianer, der Mensch im Reservat als Minderheit, der Aussterbende, eine Figur, stellvertretend für uns alle und doch allein er selbst.

Der alte Indianer zieht seine Lebensbilanz für sich allein. Er will keine Zuschauer. Er ist allein auf der Prärie und um ihn die scheinbar unbegrenzte Welt, mit der er Zwiesprache hält, aber auch mit seinen Erinnerungen, mit dem Lauf der Zeiten und mit allem, was ihn bewegt hat in seinem langen Leben, womit er fertiggeworden und was ungelöst in ihm geblieben ist. Hier sucht er nach Übereinstimmung mit sich und der ganzen ihn tragenden Welt, die gleichermaßen Realität und geistige Schöpfung ist. Die Indianer sagen »Großer Geist«, wo wir »Gott« sagen.

Die Gesänge sind Prosatexte: Geschichten, Meditationen, Begebenheiten, die das Leben des alten Indianers geprägt haben. In ihnen geht es um den Sinn des Daseins, um Gerechtigkeit und

Ungerechtigkeit, Angst und Nichtangst, schließlich um den Tod. Die Sprache ist bewusst einfach, jeder kann sie verstehen. Aus dieser scheinbaren Anspruchslosigkeit ergibt sich die Intensität dieser Gesänge mit ihrer bildhaften Sprache, dem großen Atem, der Abgeklärtheit und der Weisheit, die alles verbindet: Das alles macht die Faszination dieser Gesänge aus.

Seine Gesänge hat Werner Illing einem alten Indianer zugeschrieben. Er hätte sie auch einem alten Mann aus unseren Breiten zuschreiben können: Dem Indianer aber sind Freiheit und eine unverstellte Umwelt natürlich. Er macht aus der Welt kein Rechenexempel; er erlebt sich aus dem Gefühl, in das sein Verstand eingebunden ist. Im Alter fallen viele Eitelkeiten ab, die Welt gewinnt ein anderes Aussehen, weil die Horizonte sich erweitern und das Nahe und Tägliche an Bedeutung verloren haben. Aus dieser Lage versuchte Illing seinen Indianer auf seinem Präriegang zu begleiten.

Seine reiche Sprache mündet in sein Credo, das er am 8. Dezember 1978, nach zweijähriger Arbeit, mit den Worten vollendet hat:

»Den Gott, auf den wir hoffen, tragen wir in uns.«

Mit diesem Credo hat sich Werner Illing auf seine Art als Schriftsteller von dieser Welt verabschiedet in der Rolle eines Manitu, des großen Weisen, der dem Urgrund zugewandt ist, dem alles entstammt und mit dem wir »modernen Menschen« wieder mehr anzufangen wissen sollten.

Mein besonderer und herzlicher Dank gilt Frau Irmgard Illing – Biberfrau –, die mir vertrauensvoll den Nachlass ihres Mannes zugänglich machte und mir stets bereitwillig zahlreiche Fragen zu Leben und Werk von Werner Illing beantwortete, sowie meiner Frau Uscha, die mich treu bei der Herausgabe dieses Büchleins unterstützte.

**JOACHIM RUF**

geboren 1943 in Esslingen am Neckar. Studium der Medizin in Bonn, anschließend als Arzt in eigener Allgemeinpraxis tätig. Herausgeber mehrerer Bände, vor allem zu Lyrik. Werner Illing lernte er in den 1970er Jahren in Esslingen-Wiflingshausen kennen. Dieser wohnte nicht weit von seinem Elternhaus entfernt.

**D**er alte Indianer ging dem Frühlichtschimmer entgegen. Über der Prärie zerriss die Nacht in Streifen, zartrosa wie der Widerschein eines fernen Feuers. Die Sterne erblassten. Diese eine Welt verschwand, nahm den Schlaf und den Schrei der Nachttiere mit. Die andere hob den Spiegel. Es erschienen Spuren vom Vogelflug, die Schatten von Träumen, ein Auge öffnete sich, ein Gesicht ließ sich ahnen, vielleicht auch nur die Strandlinie einer Insel.

Der alte Indianer ging langsam voran, auf den Pfahl zu, an den man sich binden lässt, um aufrecht zu sterben – wenn es geht, im Anblick der Feinde. Er ging am Pfahl vorbei. Zu sterben ist bald an der Zeit, aber nicht unter diesem Atem. Die Stimme wird es sagen. Die Stimme sagt jetzt: Breite die Arme aus und singe.

Nicht weit von dem Pfahl, im apfelgrünen Licht, blieb der alte Indianer stehen und breitete die Arme aus. Da begannen ihn die vier Winde zu umwehen, lautlos. Das Gras zu Füßen des Indianers bewegte sich nicht. Die Winde wehten und alles blieb still. Es gingen nun auch Sonnen auf und unter, Sternenringe hoben und senkten sich. Alles geriet in Bewegung.

Der alte Indianer begann zu singen. Ihm schien, er übertönte mit seinem Gesang alles Tosen und Brausen der Welt um ihn her. Aber wirklich war alles still. Er fühlte auf seinem Gesicht ein Lächeln. Es spannte die Haut, aber es tat nicht weh.

## ER SINGT VON DER JAGD AUF DEN HIRSCH

Ich folge dem Hirsch aus der Savanne in den Wald. Zwischen den hohen Stämmen helles Licht. Vor mir auf der Seite der Wurfhand eine Dunkelheit. Es ist eine alte Dunkelheit in mir, die ihren Auslauf sucht. Der Hirsch verhofft im Schatten eines Baumes. Ich habe mich auf den Waldboden geduckt, niederes Dornengesträuch um mich. Der Hirsch sieht mich nicht, aber er weiß, dass ich da bin. Er sagt in mir:

»Ich bin nicht mehr so schnell, wie ich war – die Trockenheit der letzten Wochen  nur welkes, dürres Zeug zum Fressen  Aber um deinem Blitzrohr zu entgehen, bin ich immer noch schnell genug. Lass uns noch reden, ich brauche ein wenig Ruhe zum Atmen.«

Ich sage zum Hirsch, der mich nicht sehen kann, aber weiß, dass ich da bin:

»Auch mir fehlt's an der alten Kraft. Büffel kamen schon lange nicht mehr vorbei. Hunger haben wir alle. Unsere Frauen graben schon Wurzeln aus. Ich weiß, Hirsch, dass du stattlicher aussiehst, als du im Fleische bist. Ich bin dein Freund, ich bin einer wie du – aber laufen lassen darf ich dich nicht. Wie kann ich vor meine Leute treten und sagen: ›Ich hatte den Hirsch schon überredet, mit mir zu kommen, vor euch zu knien und euch sein Fleisch anzubieten; da sah ich der Krähe nach und er war fort!‹?«

Der Hirsch spricht:

»Du brauchst nicht zu sagen, dass du mich getroffen hast; sprich von der Krähe. Aber etwas anderes: Was hältst du von der Dunkelheit, nahe von mir? Sie hat hier sonst keinen Platz. Ich weiß nicht, ob man sich vor ihr fürchten muss.«

Ich sage zum Hirsch:

»Es ist meine Dunkelheit. Sie braucht ein wenig Auslauf.«

Bevor ich das Gewehr heben kann, hat der Hirsch alle seine Kräfte gesammelt und ist mit einem Riesensatz in meine Dunkelheit gesprungen.

Er ist fort.

Ich rufe meine Dunkelheit, und sie kehrt langsam in mich zurück.

Der Hirsch ist fort.

Eingehüllt und hungrig kehre ich ins Dorf zurück, auf einen traurigen Empfang gefasst. Aber es herrschen Munterkeit und Zuversicht um die Feuerstellen. Mein zweiter Sohn hat einen Hirsch geschossen.

Ich hocke mich an einem Feuer nieder und bekomme mein Stück Fleisch.

Der Hirsch in mir spricht:

»Jetzt brauchst du überhaupt nichts zu sagen, alter Jäger.«

Ich esse und sage nichts.

## ER SINGT VOM SCHICKSAL

Vor dem großen Strudel stehend.

Stämme, die auf den Wasserfall zutreiben, verhaken sich noch im Untergrund, stauen die Wasser, drehen sich, dann schießen sie plötzlich über die Flutschwelle, müssen dem Kreisgang folgen, werden ausgestoßen, treiben ab oder fahren sich im Seitenwasser fest und liegen lange dort, bis Tauwasser oder der Gewitterregen sie aufschwemmt und in Bewegung setzt.

Ehe der Stamm zu treiben beginnt, war er vor vielen Herbsten im Bergwald einem Wurzeltrieb entsprossen, war gewachsen, kerzengerade, während andere neben ihm in die Schräge wuchsen, nicht weit kamen. Andere verkrüppelten. Er wuchs, nahm Sonne auf, widersetzte sich dem Frost; der Schnee brach manche seiner Äste, aber die meisten bogen sich nur und warfen die Last ab. Er wurde stattlich, einer der größten im Umkreis der Winde.

Bis ein alter Mann mit einer scharf geschliffenen Axt kam.

Der alte Mann war vor langer, langer Zeit aus dem Warmen und Feuchten in den Atemraum und unter die Sterne gerückt. Er war aufgewachsen, hatte viel erlebt, Demütigendes und stolz Machendes, bis alles nun so weit gediehen war, dass er die Axt ergriffen hatte, um den Baum zu fällen. Denn er brauchte Balken für etwas, das nur er in seinem Kopf trug.

So wollte es das Schicksal, dass der alte Mann den Baum fällte. Das Schicksal wollte aber auch, dass eine Hochflut kam, die den Baum wegriss, bevor ihn der Mann sichern konnte. Und es wollte auch, dass sich der Mann aus der Flut retten konnte – aber nicht lange; er hatte sich am Knie verletzt, unbedeutend, aber er ging immer schwerer und die Schmerzen nahmen zu, und nach zwei Mondwechseln nahm ihn das Schicksal aus seiner Bahn. Er war nichts mehr. Er war nicht mehr.

Sag, was du vom Schicksal weißt. Wo wird es gemacht, wer macht es, wie wird es gemacht?

Es wird von allem in dieser Welt gemacht, soweit sie sich bewegt. Vom Wind, vom Wetter, von den Sternen, vom Augenblick, von tausend und hunderttausend Jahren, vom Katzensprung, vom Wendeblitz des Fisches, vom Ausbruch eines Vulkans, vom Schuss aus einem Revolver und dem Todesflug einer Atombombe, vom Stöhnen der Lustverstrickung, vom Kinderschrei, von der Gleichgültigkeit, vom Männergelächter in einer Kneipe.

Alles kann Schicksal sein.

Aber wer lenkt es?

Niemand lenkt es.

Vom Ursprung her ist es gelenkt. Der Ursprung zeichnet die Muster,

er gibt den Auftrag,

den Teppich der Welt zu weben,

von einem Weltende zum anderen.

Ursprung ist nur ein Wort.

Der Zufall webt es.

Der Zufall kann keine Muster weben,

die sich wiederholen und Sinnbilder werden.

Das Schicksal wiederholt sich nicht.

Es wiederholt sich immer wieder.

Ist es vorbedacht?

Wer denkt es voraus?

Es ist ein Begegnungsspiel aller Möglichkeiten.

Wer spielt es?

Es spielt sich selbst –

blind, taub, gefühllos, gedankenlos ...

Nein: scharfäugig, hellhörig, hochempfindlich

für Schmerz und Lust,
mit allumfassender Intelligenz.
Ohne Herz,
keine Person.
Dann auch nicht zu fassen.
Das ist sein Schicksal.

## NOCH EINMAL VOM SCHICKSAL, WIE ES FRANK SIEHT, DER SOHN DES ALTEN INDIANERS, DER IN DIE STADT GEGANGEN IST

Es hat Anteil an großen mechanischen Vorgängen. Es folgt den Gesetzen der Anziehung und der Abstoßung. Aber es kennt sie nicht. Es wird bewegt, ohne Richtpunkte zu kennen.

In diesem von Bewegung erfüllten Raum läuft es ab.

Von dem großen Räderumlauf kann es umhergeschleudert werden; es kann auch in den Sog der Bahnen geraten und dann ihr Gefolge werden. So gerät ein gutes Schicksal, in dem vieles nach Wunsch geht.

Es gehört auch eigenes dazu. Die Einsicht in den eigenen Weg und die Absicht, ihn begehbar zu erhalten. Dazu auch die Einsicht, dass der Wille viel tun kann, der Glaube, in der Gnade zu sein, aber mehr. In welcher Gnade auch immer.

Wer sich keine Ziele setzt, hat auch kein Schicksal. Ihm geschieht mancherlei, aber ohne Zusammenhang.

Die Leiden des Ödipus, von der allmächtigen Ananke verhängt, waren Privilegien. Das Leiden hob ihn heraus.

Schicksal hebt heraus, ob es zu großen Erfüllungen führt oder zum Untergang.

Der Untergang ist häufiger. Die Erfüllung ist schwerer zu ertragen. Der Untergang stimmt mit der Abschüssigkeit des Weges überein. Die Erfüllung fordert Selbstopferung. Man ist ein anderer geworden. Ein Gebieter über neues Land in sich selbst. Man muss damit rechnen, dafür zur Rechenschaft gezogen zu werden. Das Schicksal macht Kasse. Bei den Toten ist nichts zu holen.

## DER ALTE INDIANER SINGT ABSCHLIESSEND VOM SCHICKSAL

Er singt vom Kern in der Nuss, vom Gedanken vor jeglicher Entfaltung. Du bist dir selbst übergeben. Geh durch die Straßen, in jeder Erscheinung begegnest du dir selbst. Schau dich an in anderen. Alles bist du: die Häuser, die Fahrzeuge, die Vögel mit Federschwingen und die anderen mit Riesenschwingen aus Blech.

Die Welt bist du.

Dein Herzschlag ist der Herzschlag der Welt.

Wenn dein Herzschlag aussetzt, entsteht ein großes, stilles Staunen.

Aber die Gedanken gehen weiter.

Du bist nicht mehr, aber du bist.

Du bist Anfang und Ende zugleich.

Du übersiehst auch den Weg.

Den Weg deiner Freiheit,

von dem es keine Abweichungen gibt.

Erst wurde deine Freiheit gemacht, danach du.

Deine Freiheit war vor deinem ersten Atemzug aktenkundig gemacht,

dein erster Schrei war Schuldspruch oder Freispruch mit allen Folgen.

Deine Freiheit ist, deinen Zwängen zu folgen und sie in deine Freiheit einzubinden.

Auf diese Art kann ein Dialog mit dem Schicksal zustandekommen.

Er erwirkt keine Umstimmung, aber Einverständnis.

Du trägst nicht mehr an dir wie an einer Last.

Du bist dein Schicksal und darin gibt es nichts an Zufälligkeiten.

## DAS LIED VON ANGST UND NICHT-ANGST

Vom Horizont her kamen drei Grauwölfe. Riesig. Mit feuerflammenden Augen. In den Rachen steckten die Zähne wie Bergspitzen. Ihre jagenden Schatten nahmen dem Präriegras das Licht. Sie jagten auf den Indianer zu. Dabei wurden sie immer kleiner. Als sie ihn erreicht hatten, waren sie nur noch so groß, wie Wölfe für gewöhnlich sind. Die Grauwölfe umrundeten den Indianer in gespannter Vorsicht. Sie hatten Hunger und warteten auf eine Geste der Abwehr.

Es gab keine.

Die Wölfe setzten sich vor den Indianer und blickten zu ihm auf. Er sang.

Er sang sehr leise, aber mit ihren geschärften Wolfsohren hörten sie Fremdartiges – sie fühlten sich nicht betroffen. Rodrigo, der Wolfsführer, rückte etwas näher an den Indianer heran, machte vorsichtig den Hals lang, schielte nach des roten Mannes Armen und Beinen, in denen so viel Bewegung stecken konnte. Dann berührte er mit der langen Nase fast den Schenkel des Indianers. Er schnupperte lange, dann sagte er bekümmert zu den anderen Wölfen:

»Er hat kein Aroma – er hat keine Angst.«

Da ließen die Wölfe traurig ihre Ohren fallen. Wenn er keine Angst hat, können wir nicht an ihn heran.

In ihren Augen war Hunger und Trübsal. Sie machten die Hälse lang, hoben die Schnauzen und stießen ein kurzes Klagegeheul aus. Der Indianer sang ruhig weiter; er hatte sie überhaupt nicht bemerkt.

Sie zogen die Schwänze ein und liefen davon. Je schneller sie auf den Horizont zuliefen, desto größer wurden sie wieder. Und als sie über den Rand der Erde sprangen, war jeder groß wie eine Gewitterwolke und gierig wie ein Bauch voller Blitze.

### ER SINGT VOM ALTEN PELIKAN, DER SICH VERFLOGEN HAT UND AM RANDE DES SALZSEES NACH GERECHTIGKEIT SUCHT

Gerechtigkeit der Welt! Großes Licht!

Sie kamen über das Land gelaufen, übersprangen Zäune, schwangen Gewehre, schossen, brüllten: Gerechtigkeit!

Hinter ihrem Zug brannte die Erde, fraß Feuer die Bäume und die Häuser, lagen die Büffel und die Pferde tot. Auch viele Pelikane.

Der Schrei »Gerechtigkeit!« hallte an den Berghängen wider, flog über die Savannen, über die Seen, brach sich an den hohen Häusern der Städte. Auch in den Häusern schrien alle:

»Gerechtigkeit!«

Aber jeder meinte etwas anderes. Er meinte sich selbst.

Da wurde gefragt: Woher kommt Gerechtigkeit?

Aus den Wolken, aus den Sternen.

Nein, von den Göttern!

Sie machten sich Götter – jeder die seinen.

Und jeder bat die seinen um Gerechtigkeit.

Aber alles blieb, wie es war.

Da sagte einer der Pelikane:

»Gerechtigkeit kommt nur vom einen Gott.«

Und er ließ alle Glocken läuten.

Gott, der Schöpfer des Himmels und der Erde.

Die Pelikane bauten ihm große Kirchen und beteten zu ihm. Und viele gewannen aus den Gebeten Zutrauen zu Himmel und Erde und auch Hilfe, wenn sie erbaten, was Himmel und Erde geben konnten.

Aber Gerechtigkeit gehörte nicht dazu.

Die Ungerechtigkeit unter den Pelikanen blieb dieselbe. Sie hatte es schon immer gegeben.

Manche sagten leise und unter sich:

»So will es Gott. Er will keine Gerechtigkeit, er will Unterwerfung unter seinen Willen. Was Gerechtigkeit sei, bestimme er. Nehmt es hin, klagt nicht, er will euch prüfen. Im Grunde liebt er euch.«

Es gab keine Gerechtigkeit. Auch von Liebe, die von außen kam, war nur selten etwas zu merken.

Da dämmerte es gar einigen: Gerechtigkeit ist die Sache der Pelikane. Sie liegt auf unserem Weg. Sie gehört zur Entfaltung. Sie ist unsere eigene Rechtfertigung.

Aber welche Felsblöcke, Blutströme und Eisfelder an Gefühlskälte, an Feuerspalten, in denen die Gewalt kocht, belagern den Weg.

Der Weg zur Gerechtigkeit geht über Gerippe.

Eines Tages, vielleicht, strömt sie durch Herzen. Beispiele gibt es.

## ER SINGT VOM GROSSEN GRAUEN MEER

Der kühle Wind treibt kurze Wellen, die vorher von den Sandbänken gebrochen wurden, gegen den Strand. Die Flut steigt. Sie treibt Kleinkram vor sich her: Holzstücke, Fruchtschalen, kleines Seegetier.

Hinter den umstrudelten Sandbänken dann die ungeheure Fläche, die in der Ferne mit dem grauen Himmel ineinanderfließt. Aus ihr heben sich – langsam – senkrechte Zeichen hervor.

Sie werden deutlicher. Mastspitzen. Hier und dort und immer mehr. An manchen, je höher sie herauskommen, hängen noch Rahen und Takelzeug, zerrissen zum Teil, zerschlissen, durchwachsen von Algenfäden.

Nun tauchen auch vereinzelt Schiffskörper auf. Die Wasser laufen von den Deckaufbauten ab. Schäden werden sichtbar: eingedrückte Niedergänge, abgerissene Ruderhäuser, Spuren von Geschossen, Lecks, die der Aufprall in den Tiefen der Korallenstöcke verursacht hat.

Immer mehr Schiffe aus allen Schiffsbauzeiten heben sich über die graue Weite. In der Ferne ein Riesendampfer, von dem nur das Heck mit vier gewaltigen Schrauben in die Luft ragt. Das Meer verschwindet fast unter der Wiederkehr seiner leiblichen Opfer. Die Träume vom Dahinfluten unter stolzen Segeln, von Schlachtenruhm und Piraterie, von Frachtfahrten und Sklavenfrachten, von Reisen in Geschäften oder in Müßigkeiten sind emporgestiegen, eine Gespensterwelt untergegangener Hoffnungen drängt sich und schiebt sich gegeneinander auf dem unsicheren Element von Horizont zu Horizont. Die Havarierten stoßen oft hart aneinander, Schanzverkleidungen zerbrechen, es werden Wunden geschlagen; aber es geschieht nichts Nachteiliges, keines der Schiffe legt sich schräg, keines sinkt. Auch vernimmt man keinen Laut.

Und nun schwimmen zwischen den Schiffen Fische empor. Ganze Schwärme. Darunter große, in ihren glatten Körpern spielt die Kraft von Lichtkraftwerken. Sie schwimmen, wie sie wollen, in alle Richtungen.

Was früher Luft war, ist nun Wasser – ihr Element. Und da ist es zu erkennen: Hoch über uns, eine Meerestiefe hoch, spiegelt eine Schicht. Darüber ist Luft. Und darüber eine schimmernde Undeutlichkeit: Das ist wieder das Meer.

Und darüber ein Funkenflug von Sternen. Der Welt ist kein Ende. Ich greife eine Handvoll Sand und werfe ihn gegen den Wind.

## ER SINGT VON ZEIT UND EWIGKEIT

Ich habe Einteilungen. Der Morgen ist etwas anderes als der Vormittag, der Mittag, die Zeit zwischen Dämmerung, Sonnenuntergang und Nacht. Im Frühling springt das Leben auf, im Sommer trägt es Lasten, im Herbst reitet es davon, im Winter kriecht es in die Hütte. Das alles ist – wie man sagt – in der Zeit. Und die Zeit vergeht. Man erlebt es am besten an sich selbst. Als ich am Lachsfluss die ersten Jahre mit Biberfrau verbrachte, gab es überhaupt keine Zeit. Es gab Tag und Nacht, den Fluss, gutes und schlechtes Wetter und genug Wild zu unserer Nahrung; vor allem gab es uns. Aber Zeit gab es nicht, denn Zeit ist Warten, aber wir warteten auf nichts. Wir hatten uns, am Tag und in der Nacht, am Fluss, im Wald und auf dem offenen Land. Die Zeit kam erst wieder, als die Kinder kamen. Sie nahm nun teil an unserem Glück. Da ist Vorsicht geboten. Das Leblose an ihr gewinnt die Vorherrschaft. Der Zwang der Stunde regiert. Die Uhr. Wir haben lange Widerstand geleistet, uns ihr zu unterwerfen, aber für die Welt rings um uns ist die Uhr die Sonne geworden, und sie teilt die Zeit in Sandkörner ein.

Wenn wir in die große Stadt fuhren, anfangs noch mit der Pferdepost, wunderte ich mich über den Postkutscher, der ziemlich oft seine alte silberne Uhr hervorzog und fluchte, wenn ihm die Zeit weggelaufen war, bevor er seine Poststation erreicht hatte. Die Pferde mussten es dann büßen. Und in der Stadt ging dann alles nach dem Takt der Uhren, nach Stunden und Minuten.

Später erzählte mir Frank, den wir bei seiner Geburt »Schnelles Pferd« genannt hatten, dass beim Wettlauf und Spielen nicht mehr nach Sekunden, sondern nach Hundertsteln von Sekunden gerechnet wird. Der Mensch ist zu grob, solche Zeitblitze messen zu können, er braucht dafür Maschinen.

Die Zeit, wenn sie messbar gemacht wird, ist ein Werkzeug der Angst. Aber wenn sie ins Grenzenlose dahinfließt, ist sie für uns verloren.

Früher kam zu uns in bestimmten Abständen ein Fellhändler, der uns im Tausch mit Waren versorgte. Wir nannten ihn Jimmy, den Händler. Er war ein redlicher und auch ein lustiger Mann. Er war viel herumgekommen und machte sich eigene Gedanken. Abends, im Sommerzelt, hörte ich von ihm, was ihn beunruhigte. Ein paar Tage zuvor war er mit einem echten Kirchenmann zusammen gewesen, einem von der strengen Sorte aus hartem Hickory-Holz. Er habe Jimmys heitere Natur für etwas Bedenkliches gehalten, denn das Erdenleben sei nun doch einmal nichts anderes als eine Prüfungsstätte für die Eignung zum ewigen Leben, und darauf müsse man sich jederzeit mit gesammeltem Ernst vorbereiten. Aus dem Gespräch hatte sich in Jimmys Gedächtnis nur die Redensart vom »ewigen Leben« erhalten. Er hatte den Kirchenmann um eine Erläuterung gebeten. Aber je mehr der darüber geredet habe, desto deutlicher sei geworden, dass er es auch nicht wisse. Mit einem verschmitzten Grinsen fragte mich Jimmy, ob ich mir etwas dabei denken könne:

Ewigkeit?

Ich gab zu, dass ich mir darüber noch nie ernstliche Gedanken gemacht hatte. Ich meinte aber: Alles, was ist, hat einen Anfang und hat auch ein Ende. Auch die Zeit.

»Und was dann?«, fragte Jimmy.

»Dann fängt eine neue Zeit an.«

Jimmy schaute mich an.

»Wie soll das gehen?«

»Frag den, der die Zeit gemacht hat.«

Jimmy ging darauf nicht ein.

»Von der Ewigkeit wissen wir damit noch nichts. Aber ich kann's dir ganz deutlich machen. Wenn du noch einen Fuchspelz zulegst, erlebst du die Ewigkeit.«

Ich ging auf seinen Spaß ein.

»In einer Stunde, alter Adler, weißt du, wie die Ewigkeit ist. Du musst nur genau das tun, was ich von dir verlange. Und damit es dir nicht langweilig wird, helf ich dir.«

Er holte seine alte klobige Taschenuhr hervor, hängte sie in Augennähe vor uns an die Wand und erklärte die Regel des Spiels: Während einer Stunde nichts sehen wollen als den Minutenzeiger der Uhr, wie er Minute um Minute vorrückt.

»An den Zeiger müssen sich deine Augen klammern. Du darfst an alles denken, was dir in den Kopf kommt, aber du darfst den Gang des Zeigers nicht aus dem Blick fallen lassen.«

Wir setzten uns beide vor die Uhr und begannen, auf das Zifferblatt zu schauen, als eine neue Stunde begann.

Eine Stunde, dachte ich, was ist eine Stunde. Auf der Jagd ist eine Stunde der Sprung eines Eichhörnchens und das Aufblitzen eines Fischleibes. Den Fuchspelz, Jimmy, wirst du nicht einstecken.

Ich dachte noch an mancherlei, Krauses und Queres, dann erst – nach hundert Jahren etwa – sprang der Zeiger auf die erste Minute.

Einen verbotenen Seitenblick wandte ich an Jimmy. Er hatte die Augen geschlossen und döste vor sich hin. Ich hatte kaum anderes erwartet. Ich aber als ehrlicher alter Adler hielt mein Wort und blieb bei dem Uhrzeiger. In dieser Stunde starb ich vielmals, wurde wieder geboren, wurde grau und weiß und erlebte feurige Weltenstürze. Ich erlebte auch Jahrtausende der völligen Leere: kein Gedanke, kein Vogelflug, kein Speer, keine Axt, kein Wort des Hasses oder der Liebe – nichts – und über Jahrtausende. Dann wieder aus dem Nichts hergeweht Kämpfe, Kriegszüge, flammende Städte und himmelaufsteigendes Verzweiflungsgeschrei. Auch

Glocken, auch Gesänge, auch Kanonengebrüll. All das sah ich, während der Zeiger aus jeder Minute eine kleine Ewigkeit machte, die nach der Stunde eine schaurige endgültige geworden war.

Jimmys Hand berührte meine Schulter.

»Du hast gewonnen, alter Adler, die Stunde ist um. Du siehst aus wie tausend Stunden älter.«

»Und du hast geschlafen, Jimmy«, sagte ich ermattet.

»Das hält man nur ein einziges Mal aus«, sagte er.

»Es freut mich, dass nun auch du weißt, was Ewigkeit bedeutet.«

»Der Große Geist möge mich davor bewahren.«

Jimmy steckte seine Uhr wieder ein.

»Ich habe im Gepäck noch eine Flasche Whisky«, sagte er. »Die können wir jetzt brauchen.«

## ER SINGT VON EINEM SEINER PARADIESVÖGEL

Die Sonne stieg vom Rand der Erde auf. Sie warf den Morgen-
schleier ab, und ich erkannte die Tänzerin aus den frühen Tagen.
Man hatte sie am Ufer des Flusses gefunden, schlafend. Die Männer
riefen sie, doch sie schlief ruhig. Als einer sich hinkniete und sie am
Arm berührte, fuhr sie auf, aber der Schrecken ging sofort aus ihrem
Gesicht, als sie die Männer um sich bemerkte. Sie lächelte, erhob
sich, dehnte ein wenig die Glieder und machte ein paar Tanzschritte.
Ihre schmalen Füße berührten kaum die Erde, ihre Knie hoben und
senkten sich wie die Flügel eines Vogels. Oh, ich erkannte sie, und
das war ein ganzes Menschenleben her. Sie hatte nichts an Schönheit, an Biegsamkeit, an Jugend verloren. Nur: Sie war jetzt stumm
und taub. Wer sich mit der Zeichensprache, die jeder Indianer kennt,
an sie wandte, dem schenkte sie nichts als ihr Lächeln. Ihre Hände
und Arme spielten mit den frühen Lichtstrahlen des Tages, und das
Lächeln galt allem, dem das Licht Gestalt verleiht.

Ich trat vor sie hin. Ihre Augen erfassten mich, und ihr Lächeln
war das gleiche, das sie allen schenkte. Sie erkannte den alten Mann
nicht wieder, oder es war ihr verboten, ihn zu erkennen. Sie schloss
mich in ein paar Tanzschritte ein wie auch die anderen, die näher
kamen, um sich von ihr verzaubern zu lassen.

Während ich ihren Bewegungen mit den Augen folgte, ging ich
in mir viele Sommer und Winter zurück. Wir hatten eine Hütte
gehabt, in den blauen Bergen. Ich war ein guter Jäger gewesen, Wild
gab es damals reichlich. Sie fiel mir zu – ich fand sie im Wald, nachdem tags zuvor ein verwandter Stamm auf dem Weg zu den Seen
mein Jagdgebiet durchzogen hatte. Sie war zurückgeblieben, so sagte
sie, weil sie beim Springen und Tanzen durch den Wald die Spur
ihrer Leute verloren hatte. Das war nicht wahr, denn sie las Spuren
wie ein alter Waldläufer und hörte jenseits des Flusses das Knacken

eines Zweiges unter dem Fuß des Unvorsichtigen. Ich glaubte ihr, weil wir beide es glauben wollten und weil mir deutlich war, dass unsere Wege sich kreuzen mussten; es war vor langen Zeiten so festgelegt worden wie auch die Wege der Wolken oder der Vogelflüge.

Vom Sommer durch den Winter bis in den Frühling lebten wir in der Kraft der Jugend, der Freude, der Unbekümmertheit und mit Worten, wie sie die Nacht flüstert. Dann kam die Flutwelle nach der Schneeschmelze in den Bergen und riss sie vom Felsen, auf dem sie Blumen gesehen hatte. Ich suchte wochenlang die Flussufer ab bis in die flache Weite.

Das alles war zu dem alten Mann zurückgekehrt, als er die Schönste, in ihrer Jugend Verbliebene nun wiedersah, tanzend die Welt umarmend, aber stumm, ohne den Ruf zu vernehmen, nur lächelnd, in jedes Gesicht lächelnd, das sich ihr zuwandte.

Aber ich ließ mich nicht täuschen. In mir hörte ich sie sagen: Du verstehst schon das Zeichen; du hast mich immer verstanden über die lange Zeit hinweg, die nichts bedeutet. Mach dich nun auf.

In diesem Augenblick erhob sich ganz plötzlich ein starker Wind, wie es oft auf der Prärie geschieht, formte einen Sandwirbel. Und in ihm verging sie tanzend. Im Vergehen traf mich ihr Blick, und sein Leuchten galt mir, und auch das Lächeln, das ich noch ahnte, meinte mich.

## ER SINGT VOM ZWEITEN SEINER PARADIESVÖGEL, VON SCHWARZER DISTEL, EINER SEINER TÖCHTER

Von den Töchtern warst du mir die Nächste, Schwarze Distel. Mit sieben oder acht Jahren sprangst du ohne Hilfe auf den Rücken des Pferdes und rittest ohne Sattel wie ein junger Krieger. Dabei lachtest du und schriest, obwohl sich das für die Häuptlingstochter nicht schickte. Aber wer wäre da gewesen, der es gewagt hätte, dich mit einem mahnenden Blick zu lenken. Du warst frei.

Ich gab dich frei.

Alter Mann, zerteile den Nebel, den du selbst herbeirufst. Du warst frei, ganz aus dir selbst.

Deine innere Freiheit war der warme stürmische Wind nach kalter Zeit. Von allem ergreift er Besitz, er treibt die Keime aus der Erde, er lockt die Tiere aus den Höhlen, und die Menschen macht er tatendurstig. Weil bei uns Frauen nicht mit Gewehren schießen, lernte Schwarze Distel mit dem Messer werfen. Ich hatte einmal im Zirkus in der großen Stadt gesehen, wie genau man auf große Entfernung mit dem Messer hart am Tode vorbeitreffen kann. So weit brachte es Schwarze Distel bald, sie hätte damit Geld verdienen, aber auch ihr Leben verteidigen können.

Aber es kam der junge Mann aus der großen Stadt, der das Land vermessen sollte. Er war ohne Hochmut. Er achtete mich, aber Schwarze Distel begann er zu lieben. Und mehr wohl noch Schwarze Distel ihn, denn er war für sie die Weisheit der Welt. Sie lernte bei ihm in kurzer Zeit eure Sprache, wie ihr sie sprecht, nicht wie ich sie spreche, in wenigen Worten nach dem Klang meiner Sprache. Sie lernte bei ihm nach allem fragen, nach dem ich nie gefragt hätte, weil es mir nicht wichtig schien.

Eines Tages war sie mit ihm verschwunden. Nicht leichten Herzens. Sie wusste, dass sie zu mir gehörte; aber mehr noch gehörte sie dem jungen Mann aus der großen Stadt. Sie liebte ihn von ihrer Bestimmung als Frau her, aber mehr noch, glaube ich, aus der Unruhe, zu wenig von der Welt zu wissen.

Jahrelang hatte ich nichts von dir gehört, Schwarze Distel. Ich habe auch niemanden beauftragt, nach dir in der großen Stadt zu suchen. Wer aus dem Kreis der Vertrauten ausscheidet, ist tot. Aber Gedanken haben ihr eigenes Leben. Meine Gedanken gingen zu dir und deine Gedanken kamen zu mir. Und danach auch Gerüchte, danach verbürgte Nachrichten, auch ein Brief mit knappen Angaben, wie sie Kundschafter vor einem Kriegszug machen. Du hattest, Schwarze Distel, den Mann geheiratet und zwei Kinder von ihm. Du hattest so viel gelernt, wie dein lernbegieriger Kopf aufnehmen konnte. Du warst nun Ärztin an einem Kinderhospital und konntest operieren. Vielleicht hatte dir deine Kunst im Messerwerfen genützt.

Und dann, eines Tages, kamst du mit deiner Familie in einem Wohnwagen. Ihr kamt auf der Straße, die an unserer Siedlung vorbeiführt. Beide, Straße und Siedlung, sind noch nicht alt. Das Land ist uns zugemessen, daran hatte der Mann von Schwarzer Distel seinen Anteil. Nach Osten zu sieht alles noch aus, wie es früher war, ein paar tausend Schritte Prärie; nur fehlen die Büffel, der Wald, nur fehlen die Hirsche, dann die Berge – nur fehlt hinter ihnen die Freiheit.

Der Mann von Schwarzer Distel hielt den Wagen hundert Schritte von unserem Pueblo an. Er und die beiden Kinder stiegen aus; sie machten sich an dem Fahrzeug zu schaffen. Sie sahen mich nicht, das war so verabredet. Dann – nach langer Zeit für mich – stieg endlich Schwarze Distel aus. Sie war eine schöne Frau in stolzer Haltung geworden, angezogen wie Frauen aus der großen Stadt, die ein paar Tage auf dem Land verbringen wollen. Aber die Kleidung war etwas ganz Äußerliches an ihr. Sie bewegte sich wie ein edles Tier in der Mitte seiner Kraft.

So kam sie auf mich zu. Ihr Blick umfasste mich; er war voller Fragen, aber auch dunkel leuchtend. Vor mir blieb sie stehen, schlug die Augen nieder, senkte den Kopf und ließ sich auf ihre Knie hinunter. Sie hielt ihre Arme am Oberkörper angewinkelt und streckte mir in einer scheuen Gebärde die Hände entgegen.

Der alte Indianer hat Regenstürme erlebt, in denen alle Gedanken und Erinnerungen aus dem Kopf gewischt waren. Es gab nur eins: den Großen Geist um Standhaftigkeit zu bitten. Er hat die Umarmung des großen Braunbären überlebt. Es war ihm auch gelungen, fast schon erdrückt, mit dem Messer das Herz des Bären zu erreichen. Er war im Wald der großen Bäume, als wenige Schritte vor ihm drei Blitze in drei Bäume fuhren und sie aufschlitzten. Ein starker Ast krachte neben ihm auf die Erde. Die Donner brüllten, es roch nach Schwefel. Die Hilflosigkeit in solcher Lage zeigte dem alten Indianer, dass er noch ein Kind mit wenig Erfahrung war.

So war mir, als mir Schwarze Distel die Hände entgegenstreckte, gesenkten Scheitels, als erwartete sie einen Richterspruch. Aber da spürte ich sie schon in meinen Armen, und ich war der große braune Bär, der die Kraft hatte, sie an seiner Brust zu zerdrücken. Zu meinem Glück hatte sie kein Messer bei sich.

Nun kamen auch der Mann und die Kinder heran. Das Mädchen eine zierliche Schwarze Distel, der Junge ein Spross am Lebensbaum seines Vaters. Der Mann reichte mir die Hand und legte meine Hand auf seine Schulter. Die Kinder lachten mich an und waren zutraulich.

Die vier blieben ein paar Tage bei uns. Am frühen Morgen des Tages, an dem sie wieder auf ihren Weg gehen wollten, ging ich mit Schwarzer Distel weit hinaus auf die Prärie. Sie hatte sich das gewünscht.

Wie sie lebte, was sie gelernt hatte, was ihr die große Stadt geben und nehmen konnte, davon hatte ich nun viel gehört. Sie liebte ihren

Beruf, sie genoss Achtung, sie liebte ihren Mann und die Kinder. Sie gehörte jetzt zu denen, die sich vieles an Freiheit, Schönheit und Zerstörung kaufen können. Sie hatte Reisen gemacht und kannte unsere Welt. Sie konnte mit ihr umgehen.

Nachdem wir eine Hügelschwelle mit blühenden Sträuchern hinter uns gebracht hatten und der Pueblo außer Sicht war, blieb Schwarze Distel stehen und kehrte sich der Sonne zu, die schon ein paar Handbreit über dem Horizont schwebte. Ich sah, wie schön Schwarze Distel war, eine Frau im Ebenmaß ihrer Wünsche und Erfüllungen, Herz und Kopf im Einklang miteinander, ihrer alten Rasse bewusst, aber mitgeformt von jener neuen Welt, die Menschen lehrt, wie Vögel zu fliegen und die Schnelligkeit des galoppierenden Pferdes um ein Vielfaches zu übertreffen.

Schwarze Distel hielt ihr Gesicht der Sonne entgegen, als wollte sie sich vom Licht durchdringen lassen; dann wandte sie sich mir zu, schaute mich ernsthaft und wie prüfend an und sagte:

»Ich weiß, dass du um diese Stunde oft auf die Prärie hinausgehst und der Sonne dein Lied singst. So geht es seit alter Zeit, und du bist jetzt die alte Zeit. Bitte, Vater, sing es für mich – zum Abschied.«

Der alte Indianer blickte Schwarze Distel an wie einer, der die Worte gehört, aber nicht verstanden hat. Viele Gedanken aus vielen Richtungen liefen in ihm zusammen und wieder auseinander. Langsam breitete er die Arme aus, schloss die Augen und sammelte sich. Dann ließ er müde die Arme wieder sinken, seine Züge entspannten sich. Wie entschuldigend sagte er zu Schwarze Distel:

»Es geht nicht, meine Tochter. Mein Lied hat keinen Anfang und kein Ende, aber es eignet sich nicht für eine Schau.«

Schwarze Distel protestierte mit einer heftigen Trotzgebärde. Das wilde Reitermädchen in ihr hatte noch Leben. Sie sagte:

»Ich will keine Schau! Alles, heute, wird Schau!«

Sie blickte zornig zu dem alten Indianer auf, der ein wenig lächelte und in weiter Ferne Abbilder glücklicher Jugendtage sah.

Schwarze Distel lächelte nun auch und griff nach seiner Hand.

»Du hast recht, Vater«, sagte sie leise. »Es wäre eine Schau gewesen.«

Hand in Hand gingen beide zurück. Schwarze Distel empfand es nicht anders, als führte sie eines ihrer Kinder aus einem Gelände, das sich nicht zum Spielplatz eignete, in die Sicherheit zurück.

## ER SINGT EIN LIED FÜR BIBERFRAU,
## DIE MUTTER SEINER KINDER

Gegen Abend, wenn die Schatten fallen und die Luft noch warm ist, sitzen wir beide, Biberfrau und ich, vor dem Haus. Das Leben vor uns auf dem Platz hat seine Pflichten abgetan. Unter den Jungen gibt es Rempeleien, die Älteren haschen mit ihren Augen nach Beute. Wir beide, Biberfrau und ich, sitzen da, als wären wir aus Holz geschnitzt, unbeweglich, um uns bleibt immer etwas Raum. Und wir hören, was manche im Vorübergehen über uns sagen – auch wenn wir es nicht hören. Sie sagen: Die sind schon alt  und ein ganzes Leben lang zusammen  viele ihrer Kinder sind schon gestorben  die anderen sind in die Welt gegangen  nur selten kommt eins zu Besuch, und die gehören dann nicht mehr zu uns  also auch nicht mehr zu den Alten. Die Alten sind stumm geworden – und was sollen sie noch miteinander bereden? Alles zwischen ihnen ist längst gesagt und begraben  Vielleicht haben sie selbst schon vergessen, dass sie noch hier sind, vor den Augen anderer …

Wenn wir das hören – von allen Seiten, aus allen Winkeln, geflüstert oder nur gedacht –, schaue ich aus den Augenwinkeln hinüber zur Biberfrau. Ihre Falten im Gesicht haben sich verdoppelt und in ihren Augen blinkt ein kleines Spottlicht. Sie lacht. Und wenn ich mich nicht täusche, lache ich ebenso.

Die Vergangenheit wohnt in uns beiden mit denselben Bildern. Wenn eins in mir aufzieht, wird dasselbe in Biberfrau lebendig. Beginnt in mir der Frühling am Lachsfluss aufzublühen, berührt Biberfrau unauffällig mit ihrem linken Knie mein rechtes. Es ist eine scherzhafte Mahnung, es mit dem Erinnerungsspiel nicht zu weit zu treiben. Am Lachsfluss hatte ich eine Hütte gebaut. Dorthin brachte ich Biberfrau, als ich sie von ihrem Stamm geraubt hatte.

Die Männer verfolgten uns grimmig, waren aber darauf bedacht, uns nicht einzuholen. Die Sache war abgesprochen. Als wir den Lachsfluss durchschwommen hatten, machten die Krieger an ihrem Ufer halt, schwenkten die Gewehre und riefen uns derbe Glückwünsche zu, was Biberfrau damals in ihrer Mädchenehre traf.

Manchmal sehe ich uns auf dem wilden Ritt über die Hochfläche. Da weiß ich, dass Biberfrau an die Geburt von Frank denkt. Die weiße Frau, zu der wir unterwegs waren, hatte gesagt:

»Kommt rechtzeitig, es wird eine schwere Geburt werden. Das Kind liegt quer.«

Wir hatten versprochen zu kommen, wenn Biberfrau die erste Bewegung spürte. Aber sie spürte allzu lange nichts, bis sie an diesem Morgen plötzlich aufschrie und zu Boden stürzte. Sie glaubte, Messer wühlten in ihrem Leib. Dann schrie sie nach ihrem Pferd.

»Du kannst jetzt nicht reiten!«

Sie schrie nach dem Pferd.

Ich holte unsere Pferde, hob Biberfrau auf ihres. Dann jagten wir los. Biberfrau sah schrecklich aus. Ihre Augen waren wie tot, der Schweiß lief ihr übers Gesicht, sie keuchte; ihr Kopf machte drehende Bewegungen, als gehörte er nicht zu diesem Körper, der sich an das Pferd klammerte. Sie war halb von Sinnen. Ich merkte, dass sie ihre ganze Willenskraft darauf richtete, nicht noch einmal zu schreien.

Und dann schrie sie doch, wie ich noch keines Menschen Schrei vernommen hatte.

Als wir an den drei Felsen vorbeijagten, die riesigen Marterpfählen aus Stein gleichen, stürzte Biberfrau im vollen Lauf vom Pferd. Ihr Schrei zerriss die Stille und ließ Vögel auffliegen.

Sie lag in einer Sandmulde und warf sich hin und her wie ein tödlich verletztes Tier. Das Kind lag zwischen ihren Knien. Ich hob es schnell empor, um es vor den krampfartigen Zuckungen der Mutter zu schützen. Da war, mit schwarzem Haarschopf und zappelnden Ärmchen, »Schnelles Pferd«, der sich später Frank taufen ließ, noch befangen vom Sturz in die Welt, im noch unbelebten Gesicht etwas wie ängstliche Erwartung. Ich gab ihm den ersehnten Klaps auf den Rücken. Sein erster Schrei ertönte, und nun erst war er wirklich geboren.

Biberfrau erholte sich rasch. Ich setzte sie quer auf mein Pferd und führte es an der Leine. Sie trug »Schnelles Pferd« im Arm und legte ihren Kopf an die Wange des Kindes. Ich wusste, dass sie noch starke Schmerzen aushalten musste, aber nun kam kein Laut mehr über ihre Lippen.

Die weiße Frau meinte, der Sturz vom Pferd habe dem Kind zu einer gesunden Geburt verholfen.

Dies alles war uns gegenwärtig, wenn wir still nebeneinandersaßen und es einem von uns in die Erinnerung gekommen war.

Oft auch denke ich an die Kämpfe und die Mutproben, die der junge Mann zu bestehen hatte. Ich hörte von manchen Leuten, dass ich in meiner großen Zeit ein guter Krieger gewesen sei. Meine Narben legen davon Zeugnis ab. Biberfrau hat mich viele Male vom großen Abgrund zurückgeholt. Weil sie die ganze Sorge um mein Leben in ihren Händen hatte, blieb sie selbst am Leben. Den Narben, unter denen sich der Tod verbarg, den sie dann vertrieb, gab sie die Namen der Kampforte. Manchmal schaut sie mich an und fragt:

»Was ist mit dem Grauen Tal?«

»Es gibt Wetterwechsel. Ich spüre in den Knochen, wie der Tornado den Sand tanzen lässt.«

Sie weiß alles von mir und ich das meiste von ihr. Und wir sprechen darüber, und unser Leben ist in und um uns. Aber zu reden brauchen wir nicht.

Die Leute, die uns beieinandersitzen sehen – stumm und wie aus Holz geschnitzt –, haben keine Ahnung, wie viele Sonnentage und Sternennächte sich in uns bewegen.

Der Große Geist möge uns vergönnen, gemeinsam zu verlöschen.

## ER SINGT, WIE DIE SONNE DIE WELT VERSCHLANG

Wie der alte Mann so schläft. Ein wenig oben im Vorgrau des Tages zwischen dem Schlaf, wie er nach der großen Jagd war, und dem ersten Eulenflug, der die Träume mitnimmt und fürs Ungewisse bereit macht.

Der alte Indianer hatte seit mehreren Morgen seine Hütte nicht mehr verlassen, war nicht auf die Prärie hinausgegangen, hatte die Sonne nicht erwartet. Als es an der Zeit gewesen wäre, aufzustehen und die zurückweichenden Sterne zu begrüßen, war er auf seinem Lager geblieben. Er fühlte sich nicht gerufen.

Nun – an diesem Morgen – fühlte er die Unruhe des Rufs. Das war stärker als sonst; der alte Indianer meinte, vielleicht werde ihm eine Botschaft zugesprochen. Er ging aufrecht und ein wenig feierlich, und er dachte dabei an die alten Kriegstänze, die den Körper und den Geist frei machten von Furcht. Als er die Bodenschwelle erreicht hatte, von der aus er das Auffahren des Lebensgestirns zu begrüßen pflegte, war der Lichtschein schon sehr stark. Die herbstlich verfärbten Blätter der Ahorne am Hügelrand flammten auf. Ein herrlicher Tag kommt herauf, sagte der alte Indianer sich. Ein Tag, der der Jugend gehört: klar, hell, ohne Nebeldunst, ein Tag der Freude vielleicht.

Über solchen Gedanken hob sich, goldrote Strahlen vor sich hersendend, der Feuerkreis der Sonne über dem Horizont empor. Der Indianer breitete seine Arme zum Empfang des Lichts, und in ihm wollte die Welt ihr Lied singen; aber die Sonne war nicht bereit, es entgegenzunehmen. Sie fuhr nicht himmelwärts empor, sondern auf ihn zu, schnell und ungeheuerlich, anwachsend und alles in sich hineinschlingend: die Bergzüge in der Ferne, die Wälder, die Prärie und – in schrecklicher Umhüllung und Vereinnahmung – den alten Indianer selbst. Er fühlte sich plötzlich umstrudelt und eingesaugt von einer dunklen Kraft, die eben noch im unwiderstehlichen Herannahen durch weißstrahlende Glut geblendet hatte.

In dieser brausenden Mitte verlor der alte Adler jede Richtung. Er konnte nicht ausmachen, ob er niedergeworfen war – aber auf welchen Boden? Da war nirgendwo ein Halt – oder ob er von Wirbelkräften umhergeschleudert wurde, für die es keine Grenzen gab, kein Oben oder Unten. Es war auch weder warm noch kalt in diesem ungeheuren Raum, dessen Unausmessbarkeit man nur ahnen konnte, denn es gab keine Richtpunkte, keine Sterne. Im schwindenden Bewusstsein empfand der alte Adler ein Singendes; ‚das ist das Ende und der Anfang‘, sang es in ihm. Anfang und Ende sind gleichermaßen gewaltsam, und was lebt, kann sich nicht dagegen wehren. Das Ende in der Sicherheit ist zugleich die Geburt in die kreisende Unsicherheit, die unser Leben ist.

Aber ich bin nicht sicher, ob dies mein Ende oder mein Anfang ist oder beides ...

Man fand den alten Indianer gegen Mittag, als die Sonne die Höhe ihres Bogens erreicht hatte. Der alte Indianer lag da, wie vom Hurrikan auf die Erde geworfen. Die da kamen und ihn fanden, hielten ihn anfangs für tot. Aber er bewegte sich und öffnete die Augen. Er hatte nur geschlafen. Er erhob sich leicht und stand unter ihnen. Er erriet ihre Gedanken und sagte ohne Vorwurf:

»Einem alten Mann ist es erlaubt, auch tagsüber auf freiem Felde zu schlafen. Er hat keine Feinde mehr. Die ganze Welt ist sein Haus.«

## ER SINGT VON DEN BEMÜHUNGEN
## EINES STAMMESANGEHÖRIGEN IN DER ZEIT

Wir hatten einen unter uns, dem es nicht genügte, in der Zeit zu leben, vom Sonnenaufgang bis zum Sonnenuntergang oder von Mond zu Mond. Er nahm sich Zeit, die herumlag, und begann sie zu kneten. Er machte Tiere aus ihr, Hirsche, Elche, kleine Baumbären und große Sohlengänger, auch Bäume oder blühende Sträucher. Sie waren schön anzusehen, manchmal auch ärgerlich, weil sie aus einer Fremde kamen, die einem von uns fremd bleiben sollte. Alle aber verschwanden im Lauf weniger Tage, eben weil sie aus Zeit gemacht waren. Da nahm dieser Mann, der zu uns gehörte und doch nicht zu uns gehörte, ein scharfes und spitzes Messer und schnitt sich aus dem Baum heraus, was er brauchte: Holztafeln oder ganze Stämme, begann sie mit Zeichen zu bemalen oder Betastbares in das Holz zu schneiden. Auf diese Weise blieb bestehen, was er in der Zeit und aus der Zeit gemacht hatte. Es blieb bestehen, aber es änderte sich zugleich in der Zeit, von der es ja ein Teil war. Es änderte sich, weil sich die Menschen änderten, die diese Zeichen betrachteten oder die Gestalten mit den Augen oder den Händen abtasteten.

Man darf aber nicht verschweigen, dass dieses Wagnis, aus Zeit und Raum Schöpfungsähnliches zu machen, unter den Menschen Unruhe verbreitete. Die einen hielten es für eine Verhöhnung des Großen Geistes – als wollte einer von uns, der weder ein besonders hervorragender Krieger noch Jäger war, das Geschaffene mit seinem Handwerk übertreffen. Andere aber meinten, der Große Geist habe von ihm Besitz ergriffen und lasse ihn spielen wie ein Kind. Und jeder weiß, dass die Kinder im Spiel alles bauen, was der Ernst der Alten wieder einreißt.

Dieser Mann war ein Kind geblieben, mit dem Geist des Jägers und dem Mut des Kriegers; denn mit vorschreitenden Jahren benutzte er seine Fähigkeit, die Zeit im Raum zu spiegeln und daraus Bilder zu machen, die er »Freiheit« nannte, so verschieden sie auch waren.

Freiheit war ein Wort, bei dem viele von uns nicht mehr wussten, was gemeint war. Er – dieser Mann – rief es in die Zeit zurück und bereitete ihm neuen Raum. Dieser Mann wurde geachtet, aber vielleicht mehr noch gefürchtet. Er brachte zurück – in seiner Zeichensprache –, was die Zeit in ihrem Fluss seit langem weggeschwemmt hatte. Nicht dass er der Zeit Dämme baute; er zwang die faulig gewordenen Zeitsümpfe, ihre Kräfte zu sammeln und bergauf zu fließen und von dort in die Räume der Freiheit zu brausen und die Mühlen in Bewegung zu setzen.

Viele hielten ihn für einen Zauberer, aber sie irrten. Er war eine Morgenröte.

## ER SINGT VOM GLÜCKLICHEN AUGENBLICK

Es war ein schöner Tag, aber kein besonders schöner. Der alte Mann hat – er ist dankbar dafür – eine ganze Reihe schöner Tage erlebt. Tage, an denen manches leichter ging als erwartet; Tage, an denen Gewitterdunkel drohte und plötzlich die Horizonte hell wurden; Tage und Nächte, in denen Leben verrann und die Zeit Arm in Arm ihre Zeit verschlief.

Es hatte also nicht wenige Stunden gegeben, von denen die Erinnerung sagte, sie seien glücklich gewesen. Und sie waren immer mit Ereignissen verbunden, die sich selbst einen Namen gegeben hatten: die Geburt eines Kindes, das zur Freude der Eltern heranwuchs, ein besonderes Jagdglück, die Versöhnung mit einem alten hochgeachteten Feind, ein Tanzfest nach der großen Büffelhetze (von dem wir nicht wussten, dass es das letzte war), der Augenblick, als die Biberfrau zum ersten Mal ihre Hand auf meine Schulter legte.

Das Schicksal – oder was man so nennen möchte – schneidet seine Kerben in den Baum des Lebens. Aus mancher dieser Wunden grünt es – das ist dann Glück gewesen. Der Sänger singt es so dahin – in der Ungewissheit des Spiels. Das Glück, das er nennt, trägt Namen, ist eingeprägt, zu jedem gehört eine Geschichte. Auch die gehören dazu, die im zartrosa Aufflug der Flamingos begannen und im Beutesturz der Geier endeten.

Aber nun – und es ist nur wenige Tage her – ergab sich für den alten Mann etwas noch nie Erlebtes. Er war mit Biberfrau gegen Abend auf die kleine Anhöhe hinausgegangen, von der aus man bei klarem Wetter nach Osten zu eine graue Dunstschicht sieht, die sich beim Dunklerwerden rötlich färbt. Dort liegt die große Stadt, die in der Jugendzeit des alten Mannes ein kleiner Ort an der Grenze der Gefahr gewesen war, mit ein paar Kneipen und Läden für alles, was der Reiter und Fallensteller brauchte.

Die beiden Alten waren nicht zu jener Erhöhung im weithin flachen Land gegangen, um den Widerschein der Stadt zu sehen. Es gab dort einen kleinen Felsen, der ausgemuldet war wie ein doppelter Sessel. Tagsüber, bei starker Sonne, hätte er das Blut der Sitzenden zum Kochen gebracht; gegen Abend, zur Zeit der Abkühlung, hütete er eine Zeitlang die Nestwärme, die den Körper sich selbst vergessen lässt.

Dort also hatten sie sich niedergelassen, in stummer Zwiesprache wie gewöhnlich, und schauten aus der Ruhe in ihnen auf die Landbreiten, die sich im Lauf der Jahre mit ihnen verändert hatten. Nichts Ungewohntes geschah. Die Vögel flogen über sie hinweg zu ihren entfernten Schlafbäumen. Über die Straße, die sich wie ein dünner werdender Faden im Dunstgrau über der Stadt auflöste, huschten ein paar Autos wie ängstliche Mäuse. Ein hoch fliegendes Flugzeug zog einen weißen Strich durch die zarte Verdunklung des Dämmerungshimmels. Der Nachklang seines Motorendonners verebbte rasch. Es war nun ganz still. Und da geschah, was der Biberfrau zunächst einen Schrecken bis tief ins Herz jagte. Der alte Mann an ihrer Seite setzte sich gerade auf, er hob sein Gesicht an, als wollte er besser hören oder genauer sehen, und sagte kaum vernehmlich:

»Jetzt bin ich glücklich.«

Biberfrau war erschrocken, weil die Worte »Glück« oder »glücklich« im Sprachgebrauch des alten Adlers nicht üblich waren. Sie meinte die Ankündigung seines Todes zu hören. Dass einer glücklich sei, hatte sie bisher von ihm immer nur im Zusammenhang mit einer Todesnachricht gehört, vor allem wenn der Verstorbene noch einen Leidensweg bis zur letzten Station hatte hinter sich bringen müssen.

Sie blickte scheu zu ihm auf. Und wirklich drückte sich in seinen Zügen eine Würde aus, wie man sie oft an Verstorbenen wahrnimmt, eine Art zweites und gültiges Gesicht, das hinter dem

Gesicht mit seinen Veränderungen im Wellenschlag der Zeit hervortritt.

Er vernahm ihre Angst im Herzen und schüttelte leise den Kopf.

»Nein«, sagte er lächelnd, »es ist keine Botschaft, es ist dieser Augenblick, es ist das große Fest des Lebens; es ist das, was ich immer am frühen Morgen auf der Prärie singen wollte – aber oft hatte ich keine Worte dafür. Die Worte fehlen mir auch jetzt. Aber ich weiß nun, was gemeint ist. Alles ist gemeint. Und das Glück ist, dazuzugehören.«

Biberfrau schwieg lange. Dann sagte sie:

»Vielleicht ist es so, wie man es kurz nach der Geburt eines Kindes empfindet. Der Schmerz ist vergangen. Die Welt ist neu geboren. Das ist das Glück.«

Der alte Adler erhob sich.

»Es wird kühl. Und das Glück ist schon weiter. Es bleibt bei einem nur für einen Augenblick.«

Beim Zurückgehen griff der alte Adler der Biberfrau noch zwei- oder dreimal zärtlich in den Nacken.

Biberfrau dachte:

»Ganz vorbei ist das Glück noch nicht.«

## ER SINGT VON DER UNBEKÜMMERTHEIT ZU LEBEN

Ich singe von den Tagen, an denen du frei bist. Frei kannst du nur sein, wenn dich nichts bedrückt: keine Lüge, keine Schuld, kein Misstrauen, aber auch keine Verdrossenheit deines Körpers, keine Schmerzen irgendwo, kein falsches Ermüden, keine Warnungen aus den Tiefen der Herzströme.

Auch wenn du nicht mehr jung bist, fühlst du dich an solchen Tagen wie ein Junger, der an die Braut denkt. Die Sonne singt für dich, die Vögel segeln für dich am Himmel. Die Leute schauen dich freundlich an, weil sie deine Freiheit fühlen und von deiner Freiheit etwas für sich nehmen dürfen, ohne dich zu berauben. Du liebst die Tiere um dich, und wenn du eines töten musst aus Nahrungssorge für die Deinigen, hoffst du auf einen Blattschuss, der den Sprung von hier nach dort zum Windhauch macht. Wenn der Tag dich als Freund begrüßt, bist du ein Gefährte der ziehenden Büffelherde, ein Bruder deines Pferdes, und der Geruch der durchsonnten Erde erinnert dich an manches verschwiegene Liebeslager.

An diesem Tag wird dein Rat erbeten und du wirst gehört. Auch dem, von dem du weißt, dass er ein heimlicher Feind ist, rufst du ein gutes Wort zu. Er ärgert sich später darüber, dass er darauf geantwortet hat.

Unter solchen Bedingungen frei zu sein – gib es zu – ist leicht.

Aber du solltest auch frei sein, wenn Schmerz dich durchwühlt, äußere Sorgen dich bedrücken, wenn dir misslingt, was du mit Geduld vorbereitet und seit langem gewünscht hast, wenn du Freunde entbehren musst und deine Sprache an den Ohren der anderen vorbeigeht.

Um dann frei zu sein, tritt nachts bei Sternenlicht vor die Hütte oder dein Zelt, setze deine Füße fest auf die Erde, mach dich gerade, schau zu den Sternen auf und sprich mit ihnen. Sag ihnen, was dich bedrückt. Von ihnen wirst du keine Antwort hören, aber der Wider-schein ihres Lichts bringt dein Inneres zum Reden. Was kleinmütig in dir ist, wird verglühen. Deine Hoffnungen werden sich von den kleinen Wünschen des Tages zu den größeren läutern, auf die die Zeit keinen Einfluss hat.

Du kannst Einverständnis zwischen dem Unvergänglichen und deiner Vergänglichkeit erreichen. Dann bist du frei, auch wenn Unfreiheiten an dir zehren.

## ER SINGT VON DEN ZEITEN, DA ALLES HOFFNUNG WAR

Sie waren in großes Unglück geraten. Ein Erdbeben hatte ihre Häuser aus den Gefügen gerissen, ein Damm war geborsten, ein Feind hatte sie aus der Heimat getrieben, Heuschreckenschwärme hatten ihre Ernten verzehrt, Brände die Wälder verwüstet. Vielleicht war ein falscher Prophet erstanden und hatte ihnen Wege gewiesen, die über Steilstürze in Abgründe führten.

Sie wanderten, sie zogen umher, sie zogen von einer Verzweiflung in die andere, ihre Kinder verlernten die Lieder und die Zärtlichkeiten der Eltern. Die Eltern wurden vor Angst böse und das Leben galt wenig.

Am Wegrand der Wanderung war ein alter Mann zusammengesunken. Die Kraft, sich weiterzuschleppen, hatte ihn verlassen. Da lag er hilflos und zitternd vor Kälte und Erschöpfung.

Die Stimme in ihm fragte:

Hast du noch eine Hoffnung?

Er antwortete:

Ich hoffe auf den Tod.

Die Stimme in seinem Innern, von der er seit einiger Zeit nichts mehr gehört hatte, belebte sich ein wenig und damit wurde ihm auch ein wenig wärmer.

Die Stimme sagte:

Bisher hast du den Tod immer nur gefürchtet.

Die Gegenstimme im alten Mann, die nun schon sehr schwächlich klang, erwiderte:

Hoffen und Fürchten sind vom gleichen Stamm. Was ich früher gefürchtet habe, daraus mache ich mir nun eine Hoffnung. Aber nun lass mich in Ruh. So wie es mit mir steht und den Geschlagenen um mich, habe ich nicht mehr lange Zeit, mich meiner Hoffnung zu erfreuen.

Er spürte, wie es dunkler um ihn wurde. Die Hungerschmerzen vergingen, auch die Bleigewichte in den müden Beinen lösten sich auf. Er krümmte sich in seinen Lumpen ein wenig zusammen, nach einer Mitte zu, die nicht die seines geschundenen Körpers war. Er war geborgen. Die ihn da so liegen sahen und gleichgültig an ihm vorbeizogen, dachten: Der hat᠎s geschafft  – wenn sie überhaupt etwas dachten.

Was hatte er geschafft?

Er hatte das Ziel seiner Hoffnung erreicht.

Aber kann es das geben?

Die Hoffnung ist ohne Endpunkte,

sie erzeugt sich aus sich selbst,

sie ist immer offen.

Der Tod ist offen für alles.

## ER SINGT VON DEMÜTIGUNG UND GLÜCK IM UNWETTER

Dort, wo man die Berge ahnt, jenseits der Prärie, zieht großmächtig der Sturm auf. Er wirbelt als Warnung seine Staubfahnen empor. Schwarze Windschläuche, die sich nach oben öffnen in den toten grauen Himmel. Schwarze Vögel werfen sich schreiend gegen den Wind, der noch flatternd seine Richtung sucht. Dann – plötzlich – hört aller Atem auf, die Unruhe zerreißt die Stille. Wer ein Herz hat, hofft auf den nächsten Schlag. Ein weißliches Nebelglänzen umhüllt alles und macht falsche Hoffnungen. Aber die Täuschung währt nur einen erschreckten Augenaufschlag, dann fällt Nacht ein, und aus ihr brüllt der Sturm die blind gewordene Erde an.

Du, erfahren mit den Gewalten, die nicht nach dir fragen, hast dich noch rechtzeitig in eine Bodenmulde geworfen. Dort bieten ein paar niedrige Sträucher dornigen Schutz. Aber der Gedanke an Schutz verwischt sich schnell. Gegen den rasenden Orkan gibt es keine Sicherungen, er reißt Dächer in die Luft, trägt das Bretterwerk der berstenden Hütten meilenweit über Land, bricht tief in den Wald ein, kühlt sich den Mut an tausendjährigen Riesen und übersieht schiefwüchsigen Kleinwuchs. Hier gelten keine Regeln mehr, und der da in der Mulde liegt, in dessen Windschutz sich Staub und zerrissene Erde anhäufen und wieder verwehen, hat nun allen Widerstand aufgegeben. Er gibt sich preis. Er nimmt an, was da geschieht. Es geschieht durch ihn hindurch. Er liegt flach an die Erde gepresst mit dem Gesicht zur Erde, mit den Händen schützt er seine Augen. Er fühlt, wie die Erde unter ihm zittert. Ebenso zittert sie, wenn eine tausendköpfige Büffelherde durchgeht und ihren Instinkt verloren hat. Aber der Donner, der nun nach grellen Blitzen das Sturmgeheul überkracht, unterbricht diese dumpfe Erschütterung mit berstenden Gewalten ohne den Trost im Gewohnten.

Du bist ein Opfertier für die Gleichgültigkeit aller Götter.

Nach einem Donnerschlag, splitternd, als stürzten Glasberge ineinander, bricht eine Sintflut nieder; der Sturm besteht für ein paar Augenblicke aus Wasserbrausen. Die Mulde füllt sich mit Wasser, das zur Erde gebeugte Präriegras versinkt im Dammbruch des ausgelöschten Himmels. Du bist nicht mehr sicher, ob du noch bist.

Du versammelst dich. Gib zu, dass du eben noch Angst gehabt hast, vom Blitz geblendet, vom Donner erschlagen, vom Sturm in die Ecken geworfen, von den Fluten ertränkt zu werden. Aber nun verwandelst du dich, du löst dich auf in alles, was sich um dich bewegt: in Regen, Blitz, Donner und Sturm. Das alles wirst du zugleich. Du bist eine bewegende Kraft. Das Bewegte und Bewegende in der Welt.

Der Regen hat seinen Sturz ebenso hart beendet, wie er ihn begonnen hatte. Nichts hindert dich, mit dem Sturm aufzufliegen, Blitze in die Nacht zu zeichnen und durch eine Handbewegung dem Donner seinen Einsatz zu geben. Aber du bist ja viel schneller als das Gewitter. Du stürmst ihm davon. Die Wolken bleiben zurück, unter dir im Sturm, der du nun selbst bist, werden die Berge klein, die Flüsse schrumpfen, die Städte werden kleine graue Flecken, auf dem Meer sind die Schiffe kaum noch zu erkennen. Das Meer und die Inseln darin sind noch groß, doch wir entfernen uns auch von ihnen. Wir lösen uns auf im Grenzenlosen und haben an allem teil, das über die Zeit hinauswill.

Nun bist du in dich zurückgekehrt, ein kleiner Käfer in einer feuchten Grasmulde. Kein Windhauch mehr, nur noch trocknende Sonne. Schon richten sich die Grashalme auf. Auch du lebst noch, und die Wunden an deinen Händen, als du angstvoll ins Dornengestrüpp griffst, um nicht verweht zu werden, schmerzen nicht mehr. Steh auf und wandle.

## ER SINGT DAS LIED VOM VOLLMOND VOR DER BERGHÖHLE

Der Nebel zog seine Schleifen um uns. Wir standen auf einem Berg, den höhere Berge überragten. Ab und zu zerriss der Wind den Nebel, dann kam eine Felsenwand heran oder ein schräges Schneefeld und verwischte wieder. Wir waren im Ungewissen. Aber wir waren nicht allein. Der Freund meiner Jugend war bei mir und damit viele andere, deren Namen ich vergessen hatte. Den Freund hatte ich lange nicht gesehen. Wir waren als Knaben zusammen aufgewachsen ohne Geheimnisse voreinander. In den Mannbarkeitskämpfen, die damals noch nach altem Brauch geübt wurden, brachten wir uns ehrenvolle Wunden bei; wir vermischten unser Blut, und der Stolz auf den anderen stand in unseren Blicken.

Er war dann in die Welt gegangen, hatte im Krieg bei der Marine gedient und es zu Würden gebracht. Sein Alter war abgesichert, seine Frau gestorben, mit den Kindern gab es wenig Verbindung. Dafür waren nun die Erinnerungen zu ihm gekommen und er zu mir.

Er hatte sich angekündigt. Ich hatte Zeit gehabt, ihn wieder aus dem Dunkel der Vergangenheit hervorzuholen. Er war mein bester Freund gewesen, der einzige Spiegel, aus dem mich meine Wahrheiten anblicken durften.

Als er kam, waren wir beide verlegen gewesen.

Ein Menschenalter lag zwischen uns, ganz verschiedene Wege waren wir gegangen. Zur Begrüßung hatte jeder die Hände auf die Schultern des anderen gelegt. Wir waren verbunden, aber wir hielten Abstand voneinander. Wir schauten uns freimütig an und versuchten zu lesen, was die Zeit ins Gesicht des anderen geschrieben hatte. Allgemeines ließ sich erraten: Festigkeit des Willens, Verlässlichkeit, vielleicht auch Abwehr gegen Vertraulichkeit. Die Empfindlichkeiten der inneren Schicht blieben verborgen. Wir waren beide über die Zeit hinaus, für Niederlagen und Enttäuschungen Schuldige zu suchen. Darüber zu reden ermüdet die Worte. Die Vergangenheit blieb uns, die Spiele der Jugend blieben; doch alles schon in die Ferne gerückt, es hatte keine Kraft mehr.

Er blieb eine Reihe von Tagen bei uns, und wir gewöhnten uns an den gegenseitigen Anblick und die Redensarten einer leer gewordenen Vertraulichkeit. Wir suchten beide etwas, das durch die Türen ins Freie gegangen war und auf keinen Rückruf hörte.

Gegen Ende seines Aufenthalts beschlossen wir – auf den Pfaden der Vergangenheit – den Berg noch einmal zu erwandern, der unsere Knabenträume beflügelt hatte. Als Vorberg vor dem großen Gebirge erhob er sich in ziemlicher Entfernung aus der Ebene, blaugrau im Dunst, herrisch in schmaler Höhe, unbesteigbar, ein Geheimnis. Von der Rückseite her, die in Felsstufen mit dem Gebirge verbunden war, ließ er sich jedoch ohne sonderliche Gefahren bezwingen. Immerhin war es ein kräftezehrendes Unternehmen, das Ausdauer verlangte.

Als junge Burschen gab es dort oben für uns außer der Freude am Kräftespiel auch noch andere Anreize. An der Steilseite mit weitem Abstand voneinander nisteten zwei Adlerpaare. Wenn sie Junge aufzogen, durften wir sie nicht stören. In der übrigen Zeit war es uns erlaubt, in den Nestern und in ihrer Umgebung nach Federn zu suchen, wenn die alten Vögel auf Jagd waren. Ich fand einmal eine große Schwungfeder, um die mich die anderen beneideten. Ich durfte sie behalten.

Unterhalb der Bergkuppe gab es eine höhlenartige Mulde, in der wir übernachteten, solange noch kein Schnee fiel. Die Höhlenöffnung war dem Gebirge zugekehrt, hinter dem die Sonne unterging. Ich habe dort Sonnenuntergänge gesehen, in denen die Welt bis zu den ersten Sternen hinauf zerschmolz.

Dorthin also machten wir uns auf. Bis zu einer Ranch am Fuß des Adlerberges nahmen wir Pferde. Dort fanden wir dann einen Jungen, der uns Decken und etwas Verpflegung nach oben trug. Wir wollten bei gutem Wetter zwei oder drei Tage oben bleiben. An dem schnellen und gewandten Aufstieg des Jungen mit der nicht unbeträchtlichen Traglast erkannten wir unsere Grenzen.

Die Höhle fanden wir, wie wir sie in der Erinnerung hatten, mit Aschenresten an der Feuerstelle und – als Zugabe der neueren Zeit – mit leeren Konservendosen, die unser junger Freund mit der Geschicklichkeit des Fußballers über die Felsenkante kickte. Er besorgte uns dann noch aus der Waldzone unterhalb des Felsenaufwuchses etwas Abfallholz, hob zum Gruß die Hand und sprang wie ein Junghirsch talwärts.

Wir waren allein.

Wir schauten hinüber zum mächtig aufragenden Gebirge. Wir sahen es anders als in der Knabenzeit. Damals fühlten wir uns als Wachen auf hohem Posten mit weitem Umblick. Wir spielten die alten Kriegsspiele, die um diese Zeit schon Geschichte und Geschichten geworden waren. Wir sahen durch ausgetrocknete Flusstäler Spähertrupps heranreiten oder auf Felsengraten Gestalten auftauchen, die sofort wieder ins Nichts zerrannen. Kundschafter, die gelernt hatten, Fels zu werden, Baum oder Wolkenschatten. Wir dachten uns Gegenzüge aus, und wenn wir unseren großen Tag hatten, erhoben wir nach der Beratung den alten Kriegsschrei. Der Wind verschluckte ihn, aber wir wussten, dass nun weithin das Leben in seine Mauselöcher kroch. Wir waren auf dem Kriegspfad.

Als wir noch Knaben waren, hatte uns der Häuptling »Helles Auge« zum Führer bestimmt. »Helles Auge« war – wenn wir es heute bedenken – damals ein noch junger Mann gewesen. Er war der Jüngste unseres Stammes, der sich einen Krieger nennen durfte.

In einem der letzten Grenzkämpfe hatte er im offenen Kampf einen Gegner erschlagen, der hohes Ansehen genoss.

»Helles Auge« unterrichtete uns noch in den alten Waffenkünsten. Unter seiner Aufsicht durften wir uns Wunden schlagen; aber wir mussten dabei die Absichten des Gegners kühlen Mutes erforschen und den Gegenschlag darauf abstimmen. Sobald bei einem von uns die Kampfeslust in Kampfeswut umschlug, verwies ihn »Helles Auge« vom Ort und gab ihm eine Aufgabe zur Übung von Geduld und Selbstbezwingung. In Gegenwart von »Helles Auge« durften wir das alte Kriegsgeschrei nicht hören lassen. Den Feind hatte es die Todesfurcht gelehrt, dem eigenen Krieger die Todesfurcht genommen. Es hatte seine Kräfte vervielfacht; er war durch den gemeinsamen Schrei aus sich herausgetreten und eine Willenskraft ohne Gedanken geworden. Das hilft im Streit. Anlässe dieser Art gab es nicht mehr.

Ich glaube, mein Freund und ich hatten erwartet, hier oben in Höhe der Adlernester noch nach ein oder zwei Menschenaltern »Helles Auge« und die Gefährten unserer Jugend wieder anzutreffen. Wir erinnerten uns kleiner Begebenheiten, die damals große gewesen waren, lächelten darüber und rauchten dazu die alte Friedenspfeife meines Vaters. Ich hatte sie mit hinaufgenommen; sie war die alte Zeit, der Rauch, der aus ihr aufstieg, hatte schöne und großmütige Worte gehört, aber sie waren verweht worden zusammen mit den Lügen, die sich oft hinter ihnen verborgen hatten. Wir ließen die Pfeife, wie es sein muss, von Mund zu Mund gehen und bliesen den Rauch in die vier Windrichtungen. Aber bald gestanden wir uns, dass die alte Pfeife trotz der Ehrwürdigkeit einen ätzenden Geschmack auf der Zunge hinterließ, und jeder holte seine kurze Alltagspfeife hervor, die keine Geschichte zu erzählen wusste, aber ihren Platz im Mundwinkel kannte.

Und ebenso erging es uns mit den Erinnerungen, von denen wir gehofft hatten, sie würden hier oben aus der Höhle, aus den

Felsenkanten, aus dem Seufzen des Windes zu uns reden und uns in die zurückverwandeln, die wir vor vielen Jahren gewesen waren, in jugendliche Flammen und Flammengeister. Doch gelang uns das nicht. Wir holten aus den Zeitsümpfen, die alles zersetzen und für Neues aufbereiten, Bildreste, die sich verfärbt und an den Rändern aufgelöst hatten. Wir waren beide nicht Männer, die vom Gestern und Vorgestern leben, die Gegenwart für verdorben halten und die Zukunft in die Kirche tragen.

Als wir uns eben noch auf einen Knabenstreich besannen, mit dem »Helles Auge« überlistet werden sollte – aber wie war es genau gewesen? Und wer hatte die Sache angezettelt? –, vernahmen wir aus der Waldtiefe ein Aufrauschen. Ein Adler strebte in geringer Höhe über uns seinem Horst zu. Er hielt eine Beute in den Krallen. Seit unserer Bergbesteigung hatten wir keinen der herrlichen Vögel gesehen, der Junge aber hatte uns versichert, einer der Horste sei noch besetzt. Es war der schwieriger zu erreichende, auf einem schmalen Felsenband gelegene, an den wir uns nicht mehr heranwagen konnten. Und weshalb sollten wir auch? Man soll der Freiheit ihre Freiheit lassen. Die Pracht einer weit ausgespreizten Schwungfeder bewunderten wir lieber am segelnden Vogel als in der Hand.

Die Sonne näherte sich nun den Graten des Hochgebirges, aber sie bot uns nicht den strahlenden Abschied, den wir erhofft hatten. Sie sank durch feine Nebelschleier den Schatten zu, die aus den Hochtälern heraufdunkelten. Dabei löste sie sich in purpurrote Lichtbänder auf, die schnell verblassten; die Dämmerung fiel schnell ein, es wurde kühl.

Wir machten uns ein Feuerchen in der Höhle, brieten uns ein Stück Fleisch, nahmen einen Schluck aus der Flasche, rauchten noch eine Pfeife. Nachdem wir noch ein wenig Holz ins Feuer gelegt hatten, wickelten wir uns in unsere Decken, um noch – wie früher am Lagerfeuer – vom Tag zu sprechen, was er erfüllt hatte und was er schuldig geblieben war. Doch wir verstummten schon bald; vielleicht hatten wir uns mehr abverlangt, als unser Körper für zuträglich hielt. Der Atem meines Freundes ging leicht, aber flach, also war er noch nicht eingeschlafen. Und sicher wusste er das auch von mir.

Das Feuer brannte herunter und auch die Aschenreste verglühten bald. Es war so still, dass man meinte, den eigenen Herzschlag zu hören. Das feine Sausen des Windes, der sich an den Felsenzacken der Höhle rieb, erhöhte die Stille, es entseelte sie, das Nichtsmehr machte sich deutlich. Ich empfand eine unbestimmte Angst, für die es keinen Grund gab. Ich wollte aufstehen, etwas tun, Holz nachlegen oder aus der Höhle in die Nachtfrische hinaustreten. Da sprach mich aus dem gleichen Gefühl mein Freund an. Er sagte:

»Ich kann nicht schlafen und du auch nicht. Meist nützt es mir, wenn ich mir vorstelle, auf dem alten Segler, auf dem ich angefangen habe, im ruhigen Passat in der Koje zu liegen. Ganz ruhig: auf – ab. Das Schiff ist ein großes Wesen, das ausatmet und einatmet, ohne einer Gefahr ausgesetzt zu sein. Und man gehört ganz einfach dazu. Auf – ab in sanfter Schräglage. Das schläfert wunderbar ein. Aber hier, das hier ist kein Schiff, hier bewegt sich nichts.«

Ich gestand ihm, dass auch mich Unheimliches angeweht habe. Vielleicht, so meinte ich, sei es der Höhenunterschied, der uns zu schaffen mache. Aber so hoch erhebe sich unser Wächterberg doch nicht aus der Ebene, und mit den Gletscherbergen vor uns sei er doch gar nicht zu vergleichen. Als Junge hätten wir nichts gespürt.

Mein Freund erwiderte trocken, wir seien eben nicht mehr Junge. Er hatte sich halb aufgerichtet und legte ein paar Zweige in die fast erloschene Glut.

»Vorhin«, sagte er, »hörte ich eine Stimme – vielleicht kam sie aus dem Wind. Sie sagte: Erschrick nicht, Mensch, aber während ihr beide hier den Schlaf sucht, ist alles Leben auf der Erde zugrunde gegangen. Ihr seid die Einzigen, die noch atmen. Eure Lieben, die

Gleichgültigen, aber auch eure Feinde sind nicht mehr. Und was wollt ihr nun machen?«

»Das sind so Gedanken nachts allein auf einem Berge in einer Höhle, die der Wind und der Regen herausgeschält haben – mach dir nichts draus«, sagte ich.

Er spann seinen Faden weiter.

»Das Totsein ringsum war schon recht schauerlich, weißt du? Ich habe nicht mehr viele Menschen, die mir nahestehen. Aber man denkt schon gelegentlich an sie. Man weiß, sie sind da, man könnte mit ihnen reden. Und die anderen, die man nicht kennt, sind auch da. In den großen Städten, wo sie übereinander hausen, sind sie oft schwer zu ertragen. Aber viel schwerer wären die Städte ohne sie zu ertragen. So habe ich es halb geträumt und halb wach gesehen. Sie waren zwar alle noch auf den Straßen, in den Autos, in den Zügen. Aber alle tot, zusammengesunken und mit leeren Gesichtern, in denen nichts stand, weder Angst noch Schrecken noch – wie es bei Toten nicht selten geschieht – Friede und Erfüllung, als wäre ein gewünschtes Ziel erreicht. Die Stimme in mir sagte: So sind sie alle auf der ganzen Welt. Und wie es nun geschehen ist, das spielt keine Rolle. Ihr beiden, hier oben, seid die Einzigen, die noch atmen können, die ihre Gedanken schicken können, wohin sie wollen. Nur: Zurückstrahlen wird nichts. Wenn ihr um Hilfe ruft, hört euch niemand. Wenn ihr Hunger habt, backt euch niemand Brot. Wenn ihr euch nach Liebe sehnt, weht euch der Wind Vergeblichkeit zu. Und wie wollt ihr nun leben, Lebendige im Nichts?«

Mein Freund verstummte für ein paar Augenblicke, sein Atem ging schwer.

»Es war furchtbar«, sagte er leise. »Eine Welt ohne Leben.«

Eine Welt ohne menschliches Leben. Ich versuchte, mir das deutlich zu machen.

»Nein«, sagte ich nach einer Weile, »wir wären nicht allein. Alle, die nicht mehr sind, aber jemals waren, bis in die frühesten Zeiten hinein, kämen zu uns. Bisher hatten sie noch die anderen gehabt, die mit uns zusammen am Leben waren und die noch mit den Verstorbenen in Verbindung standen. In der Stille der tiefen Nacht, wenn du bereit bist, alle Stimmen zu hören, die sich nicht mehr durch den Tag wagen, webt es hin und her zwischen Anfang und Ende. Manchmal klingt es wie Musik.«

»Ich kenne das«, sagte mein Freund. »Es klingt wie der Hauch des Windes im Takelwerk bei ruhiger See. Es sind Stimmen von überall her, fremd und vertraut zugleich. Man ist in Gesellschaft.«

»In guter Gesellschaft«, ergänzte ich. »Denn du versammelst nur in dir, was du selbst hättest sein können. Du lässt eine Welt der Ebenbilder zu. Aber nun, wenn es so ist, dass du keine Wahl mehr treffen kannst, dass alle hereinflattern, die kein lebendiges Zuhause mehr haben, dass nur wir zwei, weil wir atmen können, Angst haben können, aber keine Hoffnung mehr ... Sie werden uns mit ihren Schattenhänden zerreißen, uns mit ihren Schattenmündern annagen, uns mit ihren Schattenleibern zerdrücken. Es wird ein ungeheures Fest geben, das Fest der wahrhaft letzten Stunde.«

»Es ist jetzt genug«, sagte mein Freund, und ich merkte an seinem Stimmfall, dass er wieder in das zurückgekehrt war, was wir für Wirklichkeit halten. »Ich will jetzt schlafen. Morgen früh gehen wir wieder nach unten. Das hier oben ist nichts mehr für uns. Und der Vollmond scheint schon in die Höhle. Daher kommt alles. Ich ziehe die Decke über den Kopf. Gute Nacht.«

## ER SINGT DAS LIED VON DEN FEUERVÖGELN

Ich sehe, wie der kleine Feuervogel sich auf dem dürren Zweig schaukelt, wie er mit feinen, leuchtenden Krallen weiterhüpft, zum nächsten Zweig hinüber. Und noch nicht braucht er die schönen, zartroten Flammenflügel beim Abschwung auszubreiten. In seiner Fröhlichkeit bringt er ein wisperndes Knistern hervor. Wo er gerade war und nun weiterhüpfte, bilden sich kleine Funkennester; aber schon sprießt es aus ihnen zart bläulich oder gelblich hervor, kleine Flammenbündel sammeln sich; aus ihnen fährt ohne Warnung ein feuriger Trompetenstoß auf; und als er im noch toten Geäst darüber verklingt, brennt schon alles. Der Feuervogel hat nun auch sein Prachtgefieder entfaltet; er wirft sich in den Wind, der zu glühen beginnt und schwarze Rauchfahnen nach sich zieht. Der Feuervogel wird nun ein vielflügeliges Fabelwesen. Es fliegt hie und da mit weit gefächerten Schwingen und ist doch nur eines. Oder ist eine Feuerkatze, die von Baum zu Baum springt. Was ihr flammensprühendes Fell berührt, brennt schon. Aber es brennt auch, worauf ihr Blick fällt, dieser kühle Blick, in dem es so verhalten glüht.

Nun brennt der ganze Wald.

Der ganze Wald ist nicht sehr groß, er verebbt an einer Bergmauer. Die größeren Tiere und die geflügelten können sich retten. Von den kleineren, die sich ihre Nester in die Erde gegraben haben, behalten auch viele ihr ängstliches Leben. Die vielbeinigen Läufer, Kletterer und Borkenbewohner bezahlen mit allem, was sie haben.

Was niedergebrannt ist, bietet den Anblick des ausgeweideten Todes. Manche der hohen alten Bäume stehen noch aufrecht in ihren Wurzeln, aber die Saftstraßen in ihrem Innern sind zerstört, und zerstört ist ihr Lebensbild. Die Feuervögel haben ihre Äste zum Auffliegen gebracht; sie sind fort, ihre Wipfel hat der Feuersturm ausgekämmt. Dieser und jener wird den Holzfällern noch etwas einbringen, davon spürt er nichts mehr. Der Waldboden ist versengt. Aber wie lange wird es dauern Nach dem nächsten Regen schon wird sich durch das tote Zeug ein grüner Halm schieben. Und wenn der eine, dann auch schon der nächste.

In zehn Jahren gibt es schon wieder viel Gebüsch, und darüber, über das Untere schon weit hinaus, tragen elastische Stämme ihre Wipfel in den Wind und wiegen sich. In hundert Jahren ist der neue Wald, wie der alte war.

Die Feuervögel sehen nun aus wie andere Waldvögel auch. Sie bringen Junge zur Welt und ziehen sie in hübsch gebauten Nestern heran. Sie zwitschern fröhlich vor sich hin, hacken nach Würmchen oder fangen sich Fliegen und Mücken. Sie haben vergessen, was sie eigentlich sind. Aber dann, nach einer Zeit langer Trockenheit, und nachdem das große Gestirn seine Herrschaft gnadenlos ausgeübt hat, beginnt in ihnen eine Veränderung. Sie werden unruhig, sie vereinzeln sich, sie sperren die Schnäbel auf, als bräuchten sie Luft, eine andere Luft, als sie für gewöhnlich atmen. Wenn sie die Flügel ein wenig anheben, als wollten sie auffliegen, aber sich noch besinnen – es ist noch nicht so weit –, wenn sie die Flügel ein wenig lüpfen, sieht man, wie die feinen Federn, die den Leib bekleiden, schon zu glühen beginnen. Dann dauert es nicht mehr lange, dass sich ihre Krallen in die Äste einbrennen, auf denen sie tanzen. Und dann fährt plötzlich aus dem kleinen Vogel eine riesige Feuerschwinge hervor, Feuergarben schießen auf. Dann sind die Feuervögel wieder, was sie so lange vergessen hatten.

Aus einem Flammenbündel springt nun auch die Feuerkatze hervor. Das ist der Augenblick ihrer Geburt. Mit langen Sprüngen jagt sie von Baum zu Baum. Bewegung, Schrei und flackerndes Aufblitzen überall. Schwarzer Qualm treibt in den Wind.

## ER SINGT VON DER SCHWIERIGKEIT,
## MANCHE MUSIK ZU VERSTEHEN

Ich erinnere mich an einen alten weißen Jäger und Händler, den wir wie einen der unseren achteten. Er hatte nie versucht, uns etwas aufzuschwatzen, das wir nicht brauchten. Er hatte viel erfahren in seinem Leben und wusste vieles aus der Welt, die damals nur selten in freundlicher Absicht zu uns kam.

An einem schönen Frühherbstabend – wir saßen noch vor den Sommerzeiten – unterbrach der Alte die Unterhaltung, deutete nach oben und sagte:

»Seht nur, wie schön heute die Sterne leuchten. Wenn ihr ein paar Augenblicke still sein könnt, hören wir sie musizieren.«

Wir schauten nach oben und waren still. Die Sterne waren uns nahe gerückt, groß und strahlend hatten sie ihr Netz über uns gezogen. Wir begriffen, dass es durchaus angebracht war, auf sie hinzuweisen und mit ihnen eine Verbindung herzustellen. Allerdings – musizieren hörten wir sie nicht.

Vielleicht ist es wunderschön, zu hören, was man nicht hört. Es gibt auch Beispiele für Menschen, die sehen, was sie nicht sehen. Sie verdoppeln ihre Welt. Aber wissen sie stets, in welcher sie sind? In der inneren, in der gehört wird, was das Ohr nicht hört, oder in der gesehen wird, was das Auge nicht sieht? Und was geschieht, wenn man in der inneren ist und das Anklopfen der äußeren überhört?

Als mein Sohn Frank in der großen Stadt das College besuchte, überredete er mich, ein großes Konzert zu besuchen. Ich hatte Konzerte solcher Art schon im Radio gehört, aber immer bald abgestellt. Sie kamen nicht zu mir. Frank meinte, es wird dir schon gefallen. Es gehört eben alles dazu: der große Raum, die vielen erwartungsvollen Menschen, aber nicht zuletzt das Orchester, hundert Männer oder mehr – manchmal auch Frauen zwischen ihnen –, und sie alle mit ihren vielen Instrumenten. Und wie sie dann gespannt auf den Wink des Dirigenten warten und so genaue Zusammenarbeit leisten, dass nur ganz selten einmal ein Ton aus der Ordnung gerät – man kann nicht müde werden, darüber zu staunen.

Was meinen Augen in diesem Konzert geboten wurde, war des Staunens wert; aber was auf meine Ohren eindrang an Lärm, Getöse, aber auch wieder langatmigen Lieblichkeiten ohne tänzerischen Trommelschlag, das konnte mich nicht erfassen. Oft quälte es mich, sofern es mich nicht langweilte.

Frank lächelte und legte seine Hand auf meine. Ich sah ihm an, dass ihn diese Musik glücklich machte, dass er sie verstand. Mit dieser zutraulichen Gebärde, die etwas Kindliches hatte, wollte er ausdrücken, dass er auch meine Abneigung gegen diese Darbietung zu verstehen suchte und um Geduld bat.

Der Blick zu ihm und seiner Bereitschaft lenkte meine Aufmerksamkeit auf die Menschen um mich. Und da begriff ich – ich war allein. Ein Einzelner, ja, ein Verstoßener in einer Gemeinschaft Gleichfühlender, durch diese Musik, die nicht zu mir drang, Emporgetragener und mir völlig Entrückter.

Dieser Eindruck verstärkte sich noch, als die Schmettertöne und der Paukenknall nach einer heftigen Gebärde des Dirigenten, die den Einsturz eines Gebäudes andeutete, verstummten, gleich darauf aber von der Gegenseite, zu der ich gehörte, durch wütendes Händeklatschen, Fußtrampeln und Begeisterungsschreie erwidert wurden. Sie waren außer sich, sie hatten Großes erlebt, sie nahmen nun auch die Gelegenheit wahr, zurückzugeben, was sie empfangen hatten.

Ich habe oft über diese Begebenheit nachgedacht. Hatten die vielen recht gegen mich? Hatte ich recht gegen sie? Was heißt überhaupt: recht haben?

Ich werde mich nicht wundern, wenn ich eines Nachts doch die Sterne musizieren höre.

## ER SINGT VOM WEG DER SONNE

Als du jung warst, gingst du mit der Sonne auf. Sie war die Gewohnheit, die man nicht weiter beachtet. Alles war am Anfang. Das lächelnde Gesicht der Mutter über dir war die Sonne. Auch der Ball, den du mit deinen Geschwistern hin und her warfst, war die Sonne. Du hattest schon viele Blumen auf der Prärie, aber auch in den Gärten der Rancher gesehen, aber einmal – du warst vielleicht fünf oder sechs Jahre alt – zog dich eine Blume in ihren Bann. Es war nichts Besonderes an ihr, das Besondere war nur, dass du sie bemerktest. Oder sie dich. Du knietest vor ihr nieder und fühltest dich im Innersten angerührt. Das Wort Blume war dir längst geläufig, aber es war ohne Inhalt gewesen. Und nun also kniest du vor einem Wunderwerk aus strahlenförmigen Blütenblättern und mit einer goldenen Dolde in der Mitte. Du bist sehr betroffen von dieser so plötzlich erschlossenen Schönheit. Du erkennst das Abbild und Widerbild der Sonne.

Von dieser ersten Begegnung deines Bewusstseins mit der Formgewalt der Schöpfung sagst du niemandem etwas. Du fürchtest, ausgelacht zu werden. Doch den Augenblick der Begegnung wirst du nie vergessen.

Später fühlst du die Sonne in deinem jugendlichen Körper. Du bist unbesiegbar – auf jeden Fall in deinen Träumen. Wenn du willst, bist du so mächtig wie das Gestirn im Frühjahr, wenn es das Leben aus seinen Höhlen lockt, Blätter und Blüten hervortreibt, aber auch welken lässt, was ohne Glauben ist.

Wieder später, wenn deine körperlichen und geistigen Kräfte sich aufeinander verlassen können, wenn es nicht mehr um Herrschaft geht, verliert viel Wunderbares an Wunderkraft. Du erfreust dich des Sonnenscheins und der ganzen Weltherrlichkeit um dich und überlegst, was sich damit anfangen lässt, zu deinem Nutzen, zum Nutzen deiner Lieben und vielleicht auch zum Schaden deiner Feinde.

Du stehst fest auf der Erde und erwartest ihre Dienste.

So mag es etliche Jahre gehen, und es dauert oft lange, bis du merkst, dass die Erde, auf der du zu stehen meinst, ein Stoff aus Vermutungen ist. Du standest zwischen hohen Häusern in der Stadt, aber in ihnen war keine Sicherheit; eines Tages waren sie nur noch Bilder in vergehenden Farben. Du hast Menschen um dich, die du liebst, du hast dich mit ihnen ergänzt, es gab Zeiten hoher Entzückung. Du liebst sie noch, aber sie ändern nicht mehr deinen Herzschlag, sie umhüllen dich wie ein warmer Tag im Frühherbst. Preise dich, wenn du sie hast, und sei auch du ihnen eine Wohligkeit.

Dann werden die Schatten länger und die Schritte müder. Es wird dir deutlich, dass die Sonne nicht mehr in dir selbst brennt. Du musst sie nun suchen. Damit beginnt in dir etwas Neues. Du beachtest das Unscheinbare. Dem Scheinbaren hast du genug Zeit gewidmet. Auf deinen Wegen, die keinen besonderen Zielen mehr zustreben, fällt dir vielleicht eine kleine Blume in den Blick. Du wunderst dich sehr. So schön ohne große Gebärde. Du hast viele Blumen verschenkt und dafür Dank und Liebe geerntet. Ihnen selbst, diesen Gunstwerberinnen, hast du kaum Beachtung geschenkt. Sie sollten für dich sprechen, ohne dass du dir die Mühe machtest, ihnen deine Wünsche und Bitten mitzuteilen. Mit dieser kleinen Blume am Wiesenrand kannst du sprechen. Und es kommen Erinnerungen. Du kniest nicht mehr vor ihr nieder, du beugst dich zu ihr hinab und schaust in ihre kleine Sonne.

Dabei bemerkst du nicht, dass die große, die mächtige Weltensonne über den Hügel kommt und dich in ihren Strahlenmantel hüllt. Vielleicht bleibt dir noch Zeit für den Gedanken: So ist es gut.

## KEIN GESANG DES INDIANERS. AUFZEICHNUNG
## EINES GESPRÄCHS MIT IHM, DEM SINN NACH

Der Jäger hörte den Fuchs klagen, der sich in der Falle gefangen und in sein Schicksal ergeben hatte. Solange er noch hatte hoffen dürfen, in wilder Wut, vom Eisen freizukommen, selbst wenn er sich eine seiner Pfoten hätte abbeißen müssen, war er stumm geblieben. Als der Jäger zu dem verletzten Tier trat, war es über jede Angriffslust hinaus. In den Augen stand nur noch Angst, Angst vor der Lähmung seiner Lebenskräfte, die es in sich herankriechen fühlte. Die Falle hatte das Rückgrat gebrochen. Der Jäger befreite die Füchsin schnell aus ihrer Not.

Diese Füchsin hatte in ihrem Leben viele Kreaturen zum Hinschwinden gebracht: Wildhühner, Wildkaninchen und was ihr sonst noch zufällig über den Weg lief. Und gewiss hatte ihr der Tod der Beute einen Zuwachs an Lebensgefühl und die Lust nach blutwarmer Nahrung gebracht. Sie folgte in aller Unschuld dem Naturrecht, das ihr kraft ihrer Geburt als Füchsin verliehen war. Dazu gehörte auch ihr eigener Tod nach einer kurzen, nicht begriffenen Leidensstrecke. Ihr Leben und ihr Sterben waren ein Bestandteil des Weltablaufs. Da blieben für die Füchsin keine Fragen.

Fragen stellt der Mensch.

Fragen sind nur möglich, wo Zweifel möglich sind.

Die Zweifel brauchen Sprache. Man muss sie hin und her wenden, muss aus ihnen Träume und Märchen machen können, um der Verzweiflung zu entgehen. Aus dem Fragespiel macht die Sprache Dichtung, Lobpreisung, aber auch Verdammung und Schlammfontänen. Vor allem ist sie unermüdlich, Antworten auf die Schlüsselfragen zu finden: Warum und – wohin?

Aber wer kann auf diese Fragen Antworten geben? Der Mensch dem Menschen?

Mit der Einfallskraft und der Sprache wurde ihm die Möglichkeit verliehen, sich selbst gegenüberzutreten. Er wählte dafür Schreckgestalten, die seinen Ängsten entsprachen. So schuf er sich Götzen und Dämonen, aber auch Götter nach dem Vorbild von Menschen mit unkontrollierbarer Machtbefugnis.

Je feiner sich sein Kulturbewusstsein ausbildete, desto mehr näherte er seine Götter dem menschlichen Idealbild an. Sie wurden hoheitsvoll, aber nicht tyrannisch; sie wünschten Verehrung, aber keine Unterwerfung. Die Opfer, die sie erwarteten, sollten nicht mehr von Blut dampfen, sondern von innen aus frohgestimmter Seele dargebracht werden. Mit Göttern und Göttinnen dieser Art ließ sich reden. Man konnte Fragen stellen und sie antworteten auch. Aber sie antworteten nur, was der Frager bereits in sich vorbereitet hatte. Über Selbstgespräche ist noch kein hoher menschlicher Geist hinausgelangt.

Den Gott, auf den wir hoffen, tragen wir in uns.

## DAS GEWESENE ORDNET SICH ZUM SINN.
## GEDANKEN ZUM 80. GEBURTSTAG

Als Kind ging mich das Sterben nichts an. Es war nicht meine Sache. Natürliche Menschen um mich, Verwandte, ein Freund der Familie, der oft in Ostasien war und mir schöne Briefmarken mitbrachte. Er war also nun tot. Er würde nie mehr kommen, das begriff ich schon, auch Briefmarken von ihm würde es nie mehr geben. Ich war sehr traurig, denn er war ein sehr freundlicher Mensch gewesen und hatte auch viel zu erzählen gewusst. Aber er war nun tot. Sein Sterben hatte zwar Bezug zu meinem Leben, aber er war tot und ich war unsterblich.

Später geriet man mit dem Tod in eine gewisse Intimität. Während meines kurzen Medizinstudiums hatte der Umgang mit Entseelten etwas Befremdendes. Sie waren Objekte und durften nichts anderes sein. Im Verlauf der beiden grotesk widermenschlichen Kriege ergab sich oft genug Gelegenheit, neben Sterbenden zu erfahren, wie sich zunächst das Leben ans Leben klammert und wie es vom Augenblick der Ergebung an sich leichter aus seiner Form löst wie das Blatt vom Baum. Den Toten dann aus dem Feld der noch Lebenden tragen zu helfen, das berührte nur noch wenig. Im Ersten Weltkrieg hatte ich an der Somme viele Tage lang die Erde unter mir zittern gefühlt, im Zweiten den Untergang von Berlin erlebt. Von einem erhöhten Punkt aus sah ich, wie ein feuriger Sturmstoß die Leipziger Straße entlangfuhr und wie dort, wo eben noch Menschen in panischer Angst gerannt waren, kleine schwarze Haufen lagen. Grauenvoll alles. Dennoch hatte ich in dieser Feuerzeit nichts von meiner Unsterblichkeit eingebüßt.

Der Gefährdung war ich mir bewusst, aber ich bezog sie nicht auf mich. Vielleicht auch, weil die Sache mich so gar nichts anging. Die Sache Krieg lag ganz außer mir, ebenso wie die Sache Hitler. Ich nahm daran teil wie an einer Versammlung, wo aufgeregte Menschen in einer fremden Sprache aufeinander einreden, und man ist nicht betroffen, weil man kein Wort versteht. Natürlich verstand ich die Worte des Krieges und der Hassmacher, aber sie drangen nicht über die Ohren hinaus.

Der Tod meiner Eltern ging mir nahe, ich war sehr mit ihnen verbunden gewesen, der zweier Kinder stellte mich an Abgründe. Sie waren dorthin entrückt worden, wozu mir der Zugang fehlte. An meiner Unsterblichkeit änderte sich nichts, aber sie hatte ihren Glanz verloren. Ich musste mit ihr leben, ohne irgendwohin dankbar zu sein.

Als ich die Siebzig erreicht hatte, nach mancherlei hin und her, oben und unten, kreuz und quer, schrieb ich für mich und einige meiner Freunde so etwas wie eine kleine Zwischenbilanz. Von Unsterblichkeit war darin nicht mehr die Rede (obwohl sie noch galt), sondern vom langsamen Abstieg über Sanatoriumspromenaden. Es war keine Panik darin, aber es wurden auch keine Trümpfe ausgespielt.

Fünf Jahre später fand ich mich dann unten im Abenddunkel am Strande des Meeres der Unendlichkeit. Ein kalter Wind, der aus dem Nächtigen kam, blies mir ins Gesicht. Das Meer, ich fühlte es mehr, als dass ich es sehen konnte, war unruhig, es schien mir gefräßig. Hinter mir stieg das Küstengebirge an mit Landhäusern, belebten Straßen und Hotels. Viele Lichter, Lichterketten, Farbenspiele von Reklametafeln. Ich wandte den Kopf: Ah, ja, da oben! Aber es ging mich nichts mehr an. Vor mir lag das Unermessliche, Dunkle, dumpf Anrollende, dorthin wies mein Weg, zum Verschlingenden, zum Riesenbetrieb in der Tiefe, in dem aus Lebendem Totes und aus dem Toten sofort wieder Lebendes gemacht wird. »Der Zweck des Lebens ist das Leben selbst«, sagt Goethe. Der Tod als Teil des Lebens, als Teilhaber oder wie man es nun will.

Dort stehend und unsicher, verlor sich der Hochmut, nicht gemeint zu sein. Ich war nicht mehr unsterblich. Um auf das Ganze hin nicht missverstanden zu werden, die Paraphrase über die Unsterblichkeit gilt, so will es mir scheinen, für jeden Menschen bis kurz vor dem Augenblick, den ich den der Ergebung nenne, den des Einverständnisses. Bis dorthin regiert das Leben als vollkommener Anspruch; selbst der Kranke bleibt für sich unsterblich, bis das Herz stockt. Und was dann ist, wissen wir nicht.

In den fünf Jahren, seit ich am Rande der Dunkelheit mit ihren Gefahren stand, hat sich nun wieder manches verändert. Sterblich – unsterblich, das sind Kinderworte geworden. Man ist – das gilt. Die Zeit ist und – man ist. Vermutlich sind das verschiedene Zustände, über die man sich genauer nicht aussprechen kann. Von der Zeit kann man reden, vom Sein nur musikalische Impulse empfangen. Die Musik ist außer der Zeit.

Sterblich – unsterblich, darin verbirgt sich keine echte Alternative. Lebendig – unlebendig, das wäre eine, aber wo gibt es denn Unlebendiges? Von uns aus gesehen gibt es Beseeltes und Entseeltes, aber wie steht das vor dem schöpferischen Urgedanken, in dem die ganze Zeit und alles sonst enthalten war?

In diesen letzten Jahren also geriet ich ins Schweben: zwischen den Wolken, zwischen den Wünschen, zwischen den Ängsten. Ich versuchte, mit den Göttern zu sprechen. Wenn es mir gelang, sie richtig anzusprechen, antworteten sie. Sie antworteten alle in Menschensprache. Ich begriff, dass sie unsere Kinder waren, alle, die Blitz- und Erdbebengötter der Frühzeit, die mächtigen Tiergötter, die Fruchtbarkeitsgöttinnen mit den vielen Brüsten, die Götter der Griechen, Menschen wie wir, von denen man noch nicht einmal sagen konnte: vollkommenere Menschen, nur verschont von Krankheiten, etwas längerlebig als wir, aber voller provinzieller Vorurteile, unbeherrscht, parteiisch, genusssüchtig, aber sehr kunstsinnig. Ich sprach mit Jahwe, dem Gott der Hebräer, einem ziemlich zornmütigen Patriarchen, der für seine verzweigte Sippe Gesetzestafeln aufrichtete, sich selbst aber an sie nicht gebunden fühlte. Orientalisch. Ich sprach mit den Vogel- und Schlangengöttern der Azteken. Ihre Antworten rannen als Blutfäden von den Tempelpyramiden. Was Brahma, Schiwa, Wischnu und die unberechenbare Kali antworteten, ist für unsereinen verständlich, aber es ermüdet durch Wiederholung. Mit Gautama Buddha kann man weite Wege zusammen gehen. Ich befragte auch die christliche Dreieinigkeit, die erst seit dem Kirchenväterkonzil zu Nizäa, seit dem 4. Jahrhundert, in der Geschichte ist und von der Jesus von Nazareth nichts gesagt hat. Karl Jaspers nannte übrigens Jesus den bedeutendsten aller Menschen. Dagegen wendet sich nichts in mir. Auf meine Fragen an die Dreieinigkeit antworteten die Glocken, die großen Kathedralen, die kleinen Kirchen, es antworteten Madonnen und Heilige, Entrückte und Entzückte und Gefolterte und solche aus den Flammen. Ich hütete mich, falsche Schlüsse zu ziehen. Ich begriff immer deutlicher, was der Glaube allerorten auf der Erde zu bauen, zu bewegen und zu unterdrücken fähig ist. Ich begriff auch, dass alle Offenbarungen, Verkündigungen aus Menschen hervorgegangen sind, die begabt waren oder sind, aus ihren Wünschen, Ängsten und Hoffnungen Geschichte oder Gebote zu machen.

Ich bewahre meine Achtung vor jedem, dessen Gebet aus einem Glauben kommt, vor jedem, der vor einem Altar kniet und Gnade erbittet. – Wenn er den Glauben hat, wird ihm die Gnade zuteilwerden. Ich weiß, dass alle Religionen zu Priestertrug verführen, ich weiß aber auch, dass viele Priester tief in ihrem Glauben ruhen und bereit sind, sich für ihn kreuzigen zu lassen. Ich empfinde Demut vor allen, die diesen schmerzlichen Weg gehen. Sie gehen den Weg der Geschichte, von dem mir scheint, dass er durch die Gewalt zur Vernunft und über die Vernunft zur Liebe führt.

Ich glaube, dass wir damit einer Anlage in uns folgen, einer Möglichkeit. Daraus eine Verpflichtung zu machen, ist uns überlassen.

Wie ist es mit der Schöpfung, deren Teilstück wir sind? Von ihren mechanischen Gesetzen beginnen wir einiges und wohl immer mehr zu begreifen, bis in die mechanischen Abläufe unseres Körpers hinein. Hier wird für richtig gelten, was die modernen Verhaltensforscher für die Regelkräfte halten: Zufall und Notwendigkeit. (Wobei kein Leben ausreicht, um auszudenken, was Zufall sein mag.) Seit der Mensch zu denken, sich als ein in sich Widersprüchliches zu erkennen vermag, hat ihn diese Schöpfung, die ethisch neutral ist, in seine Freiheit entlassen. Er darf die Sprachen dieser Schöpfung lernen.

Er ist kein Geworfener, geschweige ein Verworfener, er ist ein Gewordener, ein Werdender in eigener Verantwortung. Er kann sich und diesen winzigen Planeten vernichten oder aus ihm machen, was die Schöpferischen unter uns, voran die Dichter, seit langem verkünden: ein Haus des Lebens, in dem es gut ist für alle.

Der Fromme wird einwenden: Dazu braucht der Mensch Hilfe. Von oben. Man darf ihm entgegnen: Alles das Obere ist ein Licht aus dir selbst. Du brauchst dich nur zu erinnern: Das Gekrächz der Teufel wie die Gesänge der Engel kamen aus dir. Du folgst der Einrede. Prüfe jede Einrede, ob sie aus dir kommt oder von Nachbarn. Bedenke, dass für den Nachbarn ebenso Irrtümer möglich sind wie für dich selbst.

Da sitze ich – möglicherweise in einem Lehnstuhl – und denke über dies und jenes nach. Unsterblich ist ein Märchenwort, sterblich eins ohne Drohung. In guten Augenblicken erscheint es, als ordne sich alles Gewesene zum Sinn. Aber: Sinn ... Sinn ... was ist das nun wieder?

Nach dem Sinn und dem Geheimnis dieser Welt fragen ... weshalb nicht? Jedes Samenkorn gibt Antwort. Erschöpfende.

## ÜBER WERNER ILLING ANLÄSSLICH DER
## VERÖFFENTLICHUNG SEINER
## *GESÄNGE DES ALTEN INDIANERS*

**Hermann Lenz**

Er war das, was heutzutage immer seltener wird: ein Herr und heiter. Deshalb nannte ich ihn für mich »Serenissimus«.

Wenn er eintrat, drunten in der »Restauration zur Kiste«, und leicht ging, mit den Bewegungen der Sensiblen, nahm sich jeder zusammen und war bemüht, dem Herrn Präsidenten – denn er war Erster Vorsitzender des Süddeutschen Schriftstellerverbandes – nicht zu nahe zu treten. Seine Lebensart hielt Unverschämtheiten von ihm ab.

Oder er setzte sich in vorgerückter Stunde – droben im Institut Français – an den Flügel und spielte Debussy, als wäre er ein Konzertpianist, der seinen Freunden eine Freude machen will. Unter seinen Fingerspitzen bekamen die Töne einen Schimmer; denn ich spürte in seiner Art zu musizieren den Glanz von ehedem, der Belle Epoque, wie man in Frankreich sagt. Überraschend aber war, dass er sich hernach am Flügel zur Seite drehte und sagte:

»Heute habe ich zum ersten Mal nach dreißig Jahren wieder eine Klaviertaste angerührt.«

Einmal erzählte er – nebenbei und als wäre es nicht wichtig –, dass er ein Wunderkind gewesen sei. Die Musik war seine Welt, aber auch in der Medizin kannte er sich aus; schließlich hatte er diese Wissenschaft an der Universität kennengelernt. Dann und wann wurde es offenkundig, dass er sich in der Welt umgesehen hatte, beispielsweise wenn er erzählte, wie er in den zwanziger Jahren – oder war's vor dem Ersten Weltkrieg gewesen? – nach Ungarn auf eines der großen Adelsgüter gekommen war. Sein Freund, der Sohn des Grafen, hatte ihn zuvor wissen lassen:

»Vor unserem Haus – es war ein Schloss – wird dir ein großes Glas voll Wein gereicht, und das musst du austrinken. Ich tat␦s. Und dann begann ein Fest, wochenlang, wenn ich mich recht erinnere.«

Er schmunzelte; Ironie machte seine Worte durchsichtig, und jedermann beneidete Werner Illing um seine Vergangenheit.

Im Krieg war er in Norwegen und erzählte voll Hochachtung vom norwegischen Volk.

»Die hatten ja nichts«, sagte er. »Aber meinen Sie, sie hätten sich jemals beklagt? Dafür waren sie viel zu stolz. Und jeder, der mir begegnete, sah an mir vorbei. Die bemerkten die Deutschen nicht. Einmal ließ ich ein Päckchen Tabak aufs Trottoir fallen. Aber meinen Sie, danach hätte sich einer gebückt? Das gab es nicht.«

Oder er schilderte uns in der »Restauration zur Kiste« einen Abend in einem feinen Athener Gasthof. Dort saß am Nebentisch eine Frau, und die erschien ihm wie eine griechische Göttin:

»Das Profil genau wie eine Hore droben auf dem Parthenon. Und ihre Gestalt «

Er ließ sie mit einer Handbewegung aus der Luft erstehen und fügte hinzu:

»Wie Aphrodite, die Schaumgeborene ... Hernach kamen wir ins Gespräch. Sie war aus Leverkusen, die Frau eines Botschaftsrats.«

Ja, Werner Illing ... Ich dachte immer: Altern wie Illing, darauf käme es an; denn seine Art, das Altern mit Selbstverständlichkeit hinzunehmen und zu meistern, das noch Mögliche an Helligkeit aus den späten Jahren hervorzuzaubern, die erschien mir beispielhaft. So etwas wie Verbitterung oder Neid, das kam ihm immer kurios oder komisch vor. Wozu?, mochte er denken. Einer wie er hatte ja nichts zu verlieren, weil er das Seine in sich selbst hatte, oben im Kopf, wo die Erinnerung zu Hause war. Und ich höre ihn sagen:

»Die Geschichte ist das Geschichtete. Das lasse ich liegen, wo es liegt. Für mich gilt nur das, was ich jetzt an den Fingern spüre.« Und sein Daumen glitt über die Fingerspitzen.

Er ist ja mal mein »Chef« gewesen, sozusagen. Von 1957 bis 1968 arbeitete ich in Stuttgart als Sekretär des Süddeutschen Schriftstellerverbandes mit ihm zusammen. Und diese Zeit ist auch im Zurückschauen so geblieben, wie sie mir damals erschien: lebenswert. Danach wurde es für mich schwieriger, und heute weine ich den letzten drei Jahren, die ich bis 1971 als Verbandssekretär ohne ihn hinter mich bringen musste, keine Träne nach …

### Ingeborg Drewitz

Werner Illing – eine Szene in der Akademie der Künste ist mir in Erinnerung (den Anlass weiß ich nicht mehr, ich machte damals viele Literaturveranstaltungen). Wir saßen beim Wein zusammen und er sagte:

»Sie sind etwa so alt wie mein Sohn. Die Generation der im Zweiten Weltkrieg Gefallenen also.«

Und Werner Illing war zwischen dem Jahrgang meines Vaters und meiner Mutter geboren.

Wir konnten gleich miteinander sprechen. Ich wusste nichts von seiner Arbeit, außer von seiner sehr lebhaften und anerkannten Rundfunkarbeit. Ich hörte ihm zu. Gern. Da schon sprach er von dem alten Indianer. Ich sah ihn an, wie ein Indianer sah er nicht aus. Aber er hatte die Trauer und die Weite im Blick, die ich später bei den Indianern kennenlernen durfte, wenn sie nicht vom Alkohol (einer Folge der Reservatspolitik) zerstört waren.

Wir hatten zwar mit dem Schriftstellerverband zu tun, hatten auch »Visionen«, und so hat er mir meine Attacken gegen den verstaubten »Schutzverband deutscher Schriftsteller« nicht übel genommen, im Gegenteil stellte er sich sogar zur Verfügung, um den schon recht abgenutzten Karren voranzuziehen.

Gesprochen haben wir da in der Akademie vom Schreiben. Und ich habe begriffen, welch ein Glück es war, zu den 1945 Zwanzigjährigen zu gehören, die Zickzackwege des Ausweichens in der Nazizeit nicht erprobt haben zu müssen, die große Erwartung erlebt zu haben, in eine offene Zukunft hineinzuschreiben.

Damals arbeitete er fast ausschließlich für den Funk. Sendungen, die in Berlin nicht zu hören waren. So kann ich das literarische Werk kaum würdigen, denn Werner Illing hat einen großen Teil seiner Energie in die Medienarbeit eingebracht.

Sein Lebenslauf weist keine Dunkelstellen auf. Er war in der Nazizeit kein Mitläufer, sondern hat sich recht und schlecht durchgeschlagen mit Filmdrehbüchern, gar nicht so unähnlich dem Erich Kästner. Und dass das nicht einfach war, können die Nachgeborenen kaum ermessen.

Ich wünschte, es gäbe nicht nur *die gesänge des alten indianers*. Ich würde gern auch *Utopolis* wieder lesen. Aber suchen Sie da mal in den öffentlichen Bibliotheken! Illing gehörte ja zur Expressionistengeneration. Wie ist er damit umgegangen? Und wie gehen wir (und unsere Verlage) mit Schriftstellern um, die sich nicht kompromittieren ließen zwischen 1933 und 1945?

Illing war in seiner Arbeit wie auch in seinem Leben einer, für den Humanitas noch keine Leerformel war.


**Margarete Hannsmann**

Lieber Werner,

nun hab ich Deinen Indianer immer wieder vorm Einschlafen gelesen, manchmal sogar gleich nach der Panik des täglichen

Aufwachens, als Stärkung sozusagen, Wegzehrung für die 19 Stunden, die *jeder* Tag dieses Jahres mir auferlegt: 19 Stunden malochen wie ein Ochse beim Dreschen vormals, mit verbundenen Augen, im Kreis. Dein CREDO ist wunderbar, ich hab es begriffen, es soll mich auch begleiten, bis ich da bin, wo Du bist: OHNE ANGST, wie die Wölfe merken. (Ich nähere mich dem schon.) Schon warte ich nicht mehr auf GERECHTIGKEIT. Was sollte ich Dir schreiben, das Du nicht längst weißt!

Schick's Deinen Freunden, den wenigen, die's verstehen – wer anders will die Wahrheit sonst wissen? Ob's ein Verlag druckt ... Wir wünschen's uns, wir meinen bis zum letzten Atemzug, dass wir dafür schreiben – aber Dein alter Indianer weiß es besser. Punkt.

Mein um etliches jüngerer Indianer wird von Dir noch lernen müssen, ob er will oder nicht, falls er sich nicht selbst jäh vernichtet ... Anbei, woran Grieshaber heftig und noch immer sich steigernd leidet. Abschied von Gutenberg. Am nächsten Dienstag könnt ihr sehen, wie er die geplante Idylle mit den Jahreszeiten umfunktionierte zu *seinem* Credo, falls das Fernsehen es zulässt bzw. so sendet, wie er's machte.

Alles Liebe!

### Thaddäus Troll

Werner Illing, ein Père noble im Ensemble der Literatur, ist tot. Werner Illing, 84 Jahre alt geworden, zwölf Zeilen im WHO'S WHO, 33 im P.E.N.- Verzeichnis: ein Mann der ersten Stunde, ein Miterfinder des Rundfunks. Drei Jahre lang Präsident und Einiger der deutschen Schriftstellerverbände. Als Nachfolger von Rudolf Pechel über ein Jahrzehnt Vorsitzender, dann Ehrenvorsitzender des Süddeutschen Schriftstellerverbands.

Aber was sagen Denkmäler aus Buchstaben und Zahlen über seine Existenz, über die Fülle der Wörter und Sätze, herausdestilliert aus den Gedankenketten eines fantasievollen, gebildeten, sprachgewandten Geistes; in Wörter gefasst, graviert, gegossen: aber auch Wörter verworfen, gestrichen, verbessert; andere verkleidet in Ironie; Wortflachs zu Sätzen gesponnen. Wägende Worte, ratende und helfende Worte.

Aber manchmal auch Worte unter vier Augen, von keiner Technik aufgezeichnet: verzweifelte, geseufzte, gestammelte Worte. Sätze, die leicht daherkommen, aber Schweres verbergen; manchmal maskiert ein Lachen provozierend, dem ein Nachdenken, ein Zweifel, ein Erschrecken folgt. Ein Wortreicher, ein Geistreicher, ein fahrender Erfahrener; einer, der es anderen leicht machte, auch wenn er es selbst oft nicht leicht hatte. Dankbar genießend mit Grazie alles Graziöse, Tröstliche, Flüssige und Überflüssige, mit empfindsamer Nase Geistesverwandtschaft witternd; abhold der Lüge und dem Unflat.

Im Krieg als Offizier in Norwegen war er stolz auf den Eintrag in seinen Personalakten:

»Unzuverlässig im Sinn des Nationalsozialismus.«

Der lateinische Vokativ, den er human beherrschte, kam ihm rascher auf die Zunge als der preußische Imperativ. Nie hat er »Feuer frei!« gegeben, nie einen Menschen beschädigt, beschämt, gedemütigt.

Sein Leben ist exemplarisch für das eines Schriftstellers hierzulande. Eine starke literarische Potenz, gehemmt durch Tatsachen und Folgen zweier Weltkriege, fast immer von der Feder in den Mund lebend, aus Existenzgründen täglich zum Backen kleiner Brötchen verurteilt, ein vogelfreier Mitarbeiter, also einer der Letzten, den die Hunde der Kooperationen und Einsparungen beißen. Ein hinreißender Geschichtenerzähler; ein Literat, dessen Briefe seinen Werken nicht nachstehen. Nie unverständlich, nie wehleidig, nie larmoyant schreibend und daher von der Anerkennung des regierenden Mittelmaßes und der Kulturmafia, aber auch vom großen Erfolg und damit vom Neid der Kritiker ausgeschlossen.

Dankbar für alle Gottesgaben, auch für die, die der Maßvolle als Laster deklariert. Dankbar für die Freiheit, die unser Staat garantiert. Eine Buhle der Fantasie, von der er wusste, dass sie eine geschichtsbildende Kraft ist.

»Lass uns die Sonne bewundern, dass es ihr nicht fad wird, jeden Morgen aufzugehen.«

Er fürchtete den Tod nicht, müsste er nicht mit der Trauer und Verlassenheit der Liebsten, der Nächsten und der Freunde erkauft werden.

»Wenn mich einmal die Katze holt ...« – wie oft hat er das so hingeworfen.

Der Tod schlug zu; er traf einen Kraftlosen, aber Gelassenen in heiterer Anmut. Geliebter der Musen, Liebhaber der Sprache, seiner Freunde Freund – still und freundlich war sein Abschied. Auch wenn er die Tür hinter sich zugemacht hat, wenn er uns voraus zu den Vorbildern und Freunden Kurt Tucholsky, Alfred Günther, Max Fürst, Hermann Kasack, Ernst Bloch und Friedrich Hagen gegangen ist, spricht er weiter mit denen, auf die die Katze lauert.

Unsere Trauer ist von seiner Heiterkeit aufgelichtet. Unsere Wehmut lächelt sein Da-Sein an.

## QUELLEN

- Ingeborg Drewitz: Brief an Joachim Ruf vom 17. Oktober 1985
- Margarete Hannsmann: Brief an Werner Illing vom 17. November 1978
- Werner Illing: »Das Gewesene ordnet sich zum Sinn. Gedanken zum 80. Geburtstag«, 12.02.1975, versandt als Typoskript mit Widmung an Freunde.
- Hermann Lenz: Brief an Joachim Ruf vom 31. Juli 1985
- Thaddäus Troll: Aus *P.E.N.-Schriftstellerlexikon*. Serie Piper

## LEBENSDATEN WERNER ILLING

- 1895 – Am 12. Februar kommt Werner Illing in Chemnitz zur Welt.
- 1914 – Abitur am Realgymnasium Chemnitz
- 1914–1918 – Kriegsdienst als Fliegerfunker,
  Studium der Medizin und Germanistik in Leipzig und Graz
- 1921 erscheint *Vor Tag* (Lyrik und Kurzgeschichten). Werner
  Illing schreibt Musikkritiken für die *Chemnitzer Volksstimme*;
  Gründung eines Sprechchors im Rahmen der Chemnitzer
  Volksbühne in Zusammenarbeit mit Mary Wigman
- 1922 – Abbruch des Studiums wegen Tod des Vaters,
  Geschäftsführer der väterlichen Fabrik
- 1924 – Aufführung der Sprechchorballade
  *Aufbruch des Geistes in Magdeburg*
- 1925 – Lösung von der Firma, freier Mitarbeiter der
  *Vossischen Zeitung*
- 1926/27 – Aufenthalt bei Siegfried von Vegesack
  (Burg Weißenstein im Bayerischen Wald)
- 1927/28 – auf Korsika
- 1928/29 – in der Provence und in Paris als
  Auslandskorrespondent der *Vossischen Zeitung*
- 1930 erscheint *Utopolis* (Der Bücherkreis, Berlin)
- 1931 – *Der blaue Stern*, Rundfunkarbeit bei der *Mirag*
  in Leipzig. Werner Illings erstes Hörspiel
  *Das Leben ein Boxkampf* entsteht
- 1933 erscheint *Don Perico – Der Herr der zinnernen Berge*
  (Antäus, Lübeck)
- 1939–1945 – Kriegsdienst, um nicht in die
  Kulturpropaganda eingegliedert zu werden
- Nach 1945 – engere Bindung an den Wedding-Verlag, Berlin
- 1948 erscheint *Zirkus Bertolin*

- 1949 erscheinen *Madame Reignier* (Roman) und *Das Spiel der König*e (Kurzgeschichten); Mitarbeiter der Neuen Zeitung in München; Drehbücher, u. a. *Der Herr vom andern Stern*
- ab 1949 – als freier Mitarbeiter für den *Süddeutschen Rundfunk* in Stuttgart tätig; Texte zu Musicals (Willy Hahn), Lustspiele (Willy Reichert), Hörspiele, Rezensionen
- 1958 – Werner Illing wohnt nun in Esslingen-Wiflingshausen
- 1959 – Vorsitzender des Süddeutschen Schriftstellerverbandes
- 1966–1968 – Präsident der Bundesvereinigung der deutschen Schriftstellerverbände
- 1974 – erscheint *Tanz zwischen Dämmerung und Nacht*
- 1976–1978 Arbeit an *die gesänge des alten indianers bei sonnenaufgang auf der prärie*
- 1979 – Am 14. Juni stirbt Werner Illing in Esslingen am Neckar.